# MLB

## 메이저리그

# MLB-메이저리그 10

말리브해적 장편소설

초판 1쇄 찍은 날 § 2016년 4월 21일
초판 1쇄 펴낸 날 § 2016년 4월 28일

지은이 § 말리브해적
펴낸이 § 서경석

편집책임 § 한준만
디자인 § 신현아

펴낸곳 § 도서출판 청어람
등록번호 § 제387-1999-000006호
등록일자 § 1999. 5. 31
어람번호 § 제1-2413호

주소 § 경기도 부천시 원미구 부일로 483번길 40 서경B/D 3F (우) 14640
전화 § 032-656-4452  팩스 § 032-656-4453
http://www.chungeoram.com
E-mail § chungeorambook@daum.net

ISBN 979-11-04-90772-2 04810
ISBN 979-11-04-90474-5 (세트)

FUSION FANTASTIC STORY

말리브해적 장편소설

10

MLB
메이저리그

도서출판
청어
람

# Contents

# 1. 깨어나는 시카고 컵스

삼열은 무리하지 않았다. 연습 시간을 갑자기 엄청나게 늘린다거나 하는 어설픈 짓은 결코 하지 않았다. 그냥 아주 조금, 어제보다 1분이라도 더 연습하면 된다고 생각했다. 그렇게만 해도 한 달이면 30분이나 훈련 시간이 증가한다.

그는 몸이 감당할 수 있는 시간만큼 아주 조금씩 조심스럽게 연습량을 늘려가기로 했다. 그렇게 아주 천천히 앞으로 나아갈 생각이었다. 이제는 이전과 달리 신성석이 없으니 어쩔 수 없었다. 무리하면 안 되는 상황이니까.

삼열은 매일같이 연습장에서 재활 훈련을 병행하며 몸을

다듬었다. 그러자 축 처졌던 몸의 근육들이 아주 조금씩 되살아나기 시작했다.

"하이! 삼열, 오늘도 왔네."

벅 쇼가 원정 경기를 마치고 일주일 만에 나타나 삼열에게 인사했다.

"하이, 벅!"

벅 쇼는 삼열보다 나이가 한 살 많았다. 그는 원래 구위가 매우 좋았다. 문제는 그의 멘탈이었다.

연습 경기에서는 잘 던지다가도 정작 시합에 나가면 어이없게 무너지곤 했다. 마운드에만 서면 그 좋던 송곳날 같은 제구가 갑자기 사라져 버리곤 했다. 그러니 마이너리그에서 메이저리그에 올라가는 것은 요원한 일이었다.

그런데 그에게 마침내 기회가 찾아왔다. 구단에서 새롭게 만든 심리 테스트에 응하고 난 뒤에 정신 건강 상담이 이루어졌다. 그때부터 그의 상태는 급속도로 호전되기 시작했다.

알고 보니 그는 염려 증후군을 앓고 있었다. '내가 실수하면 어떻게 하지?' 하는 쓸데없는 생각을 하다 보니 실수를 하게 되고, 그렇게 범한 실수는 또 다른 실수를 불러오는 악순환이 반복되었던 것이다.

그런데 몇 가지 간단한 테스트를 통해 구단은 그에게 상담사를 붙여줬다. 마이너리그에서라면 결코 있을 수 없는 일이었다.

벅 쇼는 꾸준하게 상담을 받고 약물 치료도 병행했다. 그리고 마침내 메이저리그에 올라와 타자를 압도하기 시작했다. 그는 어떤 상황에서도 흔들리지 않는 강심장으로 변했다. 이런 그의 모습은 존 스몰츠의 경우와 대단히 비슷한 사례였다.

존 스몰츠는 마이너리그에서 20경기 만에 메이저리그로 올라갔다. 그러나 그는 첫해 2승 11패를 기록했다. 잘 던지다가도 중요한 순간만 오면 스스로 무너진 것이다.

애틀랜타 브레이브스는 스몰츠에게 상담사를 소개시켜 줬고, 이후 그는 몰라보게 달라졌다. 강철 심장이 된 것이다. 그리고 그는 완전히 새로운 사람이 되어 메이저리그를 제패하기 시작했다.

벅 쇼도 비슷했다. 구단의 심리 치료를 받으면서 담력이 강해지기 시작했다. 담력이 강해지니 툭하면 하던 잦은 실수가 사라졌고, 그 이후에는 중요한 순간에도 눈 하나 깜박이지 않고 원하는 곳으로 공을 던지는 강철 심장이 되었다.

그 결과 그는 메이저리그 첫해에 5승 2패 평균 자책점 2.78의 호성적을 거두고 있다. 마리아가 개발한 심리 치료 프로그램은 얼마 전에 비로소 완벽하게 완성되었지만 이전부터 조금씩 임상실험용으로 구단 내에서 사용되고 있었다. 가장 효과를 본 것은 벅 쇼였다.

"벅, 밀워키전에서의 승리 축하해."

"고마워!"

삼열의 말에 벅 쇼는 기분 좋게 웃었다. 그 역시도 자신이 이렇게 잘할 줄은 예상하지 못했다. 신인이 이렇게 잘하면 교만한 마음이 들 텐데 컵스의 선수들은 그러지 않았다.

컵스에는 유명한 두 명의 연습벌레가 있고, 그중 하나는 삼열이다. 또한 이 두 명은 컵스의 영웅이기도 했다. 그러니 승리의 기쁨에 도취되어 자신을 관리하는 데 소홀한 선수는 아무도 없었다.

삼열이나 로버트가 연습장에 나타나면 연습하던 선수들은 도망가기 바빴다. 한마디로 잘난 놈들 옆에서, 더 정확히 말하면 지독한 놈들 옆에서 운동하기 싫은 것이다. 그러면서도 컵스의 선수들은 두 사람을 따라 조금씩 연습량을 늘리곤 했다.

벅 쇼는 겸손하고 온화한 성품을 가졌다. 존리 말코비치가 괴팍하고 직선적인 데 반해 그는 항상 웃는 얼굴이다. 컵스의 팬들도 이런 그를 좋아하기 시작했다. 팬들 중에 그의 32번 저지를 입고 구장을 찾는 사람들이 생기기 시작했다.

"강, 몸은 좀 어때?"

"응. 누더기가 되었다가 이제 겨우 정신을 차린 건데 쉽게 예전으로 돌아갈 수야 없지. 하지만 포기하지 않고 열심히 운동하고 있으니 결과가 좋게 나오겠지."

"좋은 결과가 나오길 빌게."

"고마워! 후후."

삼열은 벅 쇼와 이야기를 마치고 다시 몸을 움직이기 시작했다. 교통사고 후 심장에 있던 불의 씨앗이 임의로 그의 몸을 고쳐 버린 덕분에 목숨은 건졌지만 몸의 균형이 완전히 무너졌다. 그렇게 잘못된 것들을 재활 훈련을 통해 바로잡는 것은 정말 힘든 일이다. 하지만 삼열은 포기하지 않았다.

그리고 재활 훈련을 꾸준히 한 덕에 오른쪽 어깨는 많이 나아졌다. 사고 후에는 어깨 위로 손을 들 수도 없었는데 이제는 팔을 위로 올려도 되었다.

게다가 러닝을 할 때 오른손을 움직이면 통증을 느끼던 것도 사라졌다. 하지만 아직은 오른손으로 무거운 것을 들지는 못한다. 공을 던지는 것 역시 꿈도 꾸지 못하는 상황이지만 몸 상태는 확실히 좋아졌다.

삼열은 미소를 지었다.

남들은 하루빨리 병을 고치기 위해 무리를 하지만 그는 그렇게 하지 않았다. 그가 알고 있기로 어떤 병이든 그렇게 쉽게 낫지 않는다. 수술을 통해 병을 단번에 고쳤다 하더라도 재발을 막기 위해서는 꾸준한 관리가 필요하다. 즉, 수술 후의 몸

관리는 어떤 면에서 수술보다 더 중요하다.

아주 조금씩, 꾸준하게.

이것이 삼열이 목표로 하는 훈련이었다. 다행스러운 것은 병을 고치기 위해 지리산에서 운동했던 때보다는 훨씬 몸 상태가 좋다는 것이다. 그의 몸은 이미 인간의 몸을 초월한 상태에 있기에 회복과 적응이 아주 빨랐다.

삼열은 훈련을 마치고 집으로 돌아왔다. 점심을 먹고는 오후에 스콧제임스를 커피숍에서 만났다. 그와 계약을 한 후 중간에 몇 번 만나긴 했지만 정말 오랜만의 만남이었다.

그는 세련된 양복을 입고 선글라스를 끼고 있었다. 하지만 예전보다 살이 많이 빠져 있었다. 건강해 보이기는 했지만 왠지 쓸쓸해 보였다.

"잘 지냈습니까? 나의 일등 고객님!"

"네. 정말 오랜만이네요."

"소식을 듣고도 병문안 가지 못해서 미안했습니다. 사실 개인 사정이 좀 있어서요. 미안합니다."

"아니요, 괜찮아요. 소식은 다른 직원들을 통해 간간이 듣고 있었어요."

"그, 그래요? 그럼 내가 이혼한 것도 알겠군요."

"이혼하셨어요?"

"이런, 몰랐었군요. 젠장. 아내에게 이혼당했지요. 뭐, 이해가 가긴 합니다. 전 세계를 돌아다니다 보니 가정에 소홀하게 되었죠. 아이들은 아내가 맡기로 했지만 도저히 아이들이 그리워 참을 수가 없었습니다. 폐인처럼 살다가 자살 직전까지 갔는데, 마지막으로 아이들 얼굴 한번 보러 갔다가 내 상태를 알아차린 전처가 큰아이를 내가 키울 수 있게 해줘서 겨우 살아났지요. 전처는 아마도 이혼은 했어도 아버지 없는 자식은 만들고 싶지 않았나 봅니다."

"고생하셨네요. 전 그런 일이 있는 줄도 몰랐어요."

"뭐, 사정이 없는 사람이 어디 있겠습니까? 난 그전에는 가정이 그렇게 소중한 줄 몰랐어요. 결혼이 깨지고 나니 그토록 내가 절실하게 아내와 아이들을 사랑했다는 것을 알게 되었습니다. 삼열 씨도 있을 때 잘하시기 바랍니다. 하하."

스콧제임스는 동생 같은 삼열을 보며 웃으면서 충고했다.

삼열은 그가 아니었으면 메이저리그에 오지도 못했을 것이다. 그리고 고등학교 때 그와 계약을 하지 않았다면 진로에 관해 더 많은 고민을 했을 것이고. 스콧제임스는 그에게 형과도 같았다.

삼열에게 커터를 처음으로 가르쳐 준 사람도 스콧제임스였다. 물론 샘 잭슨 투수코치를 통해 다듬기는 했지만 정말 그에게는 신세를 많이 졌다고 생각하고 있다.

물론 그로서도 돈을 벌기 위해 한 일이지만 계약을 할 때도 삼열의 의사를 최대한 존중해 줬고 지금도 삼열의 에이전트로서 최선을 다해 편의를 봐주고 있다.

"힘들지요?"

"네. 하지만 이보다 더 힘들었을 때가 많았어요."

삼열의 말에 스콧제임스가 고개를 끄덕였다.

"오른손은 어떻습니까?"

"조금씩 좋아지고는 있지만 시간이 많이 걸릴 것 같습니다."

스콧제임스는 삼열의 말을 듣고 다시 고개를 끄덕였다. 그리고 선글라스를 벗고 삼열의 몸을 훑어보았다.

"왼손 좀 봐도 되겠습니까?"

"물론이지요."

스콧제임스는 삼열의 몸을 더듬었다. 만지고 눌러보고 관절을 꺾어보기도 했다. 한참을 그렇게 하다가 그가 삼열을 바라보았다.

"흠, 일어나서 섀도 피칭을 양쪽 손으로 해줄 수 있습니까?"

"네, 그러죠. 문제없어요."

삼열은 스콧제임스에게 무엇인가 의도하는 바가 있다는 것을 깨닫고 즉각 자리에서 일어났다. 그리고 주위의 테이블을 조금 치우고 오른손으로 피칭 모션을 했다. 어깨가 위로 조금 올라가다가 멈추었다. 약간의 미세한 통증이 어깨에서 흘러나왔다.

왼손으로도 피칭 모션을 취했다. 오른손으로 할 때보다는 엄청나게 어색했지만 그런대로 자세가 나왔다.

"호오!"

스콧제임스가 삼열의 피칭 모션을 보더니 고개를 끄덕이며 감탄했다.

"바쁘지 않으면 나랑 좀 같이 가요."

"어디를……?"

"어디겠어요? 걱정하지 말고 따라와요. 아, 참고로 나는 게이가 아닙니다."

"에이~ 왜 그러세요."

삼열은 스콧제임스를 따라 그가 묵고 있는 호텔로 갔다. 호텔 로비에서 기다리고 있으니 잠시 후 스콧제임스가 야구공과 글러브를 가지고 나왔다.

"뭐 하시게요?"

"테스트!"

스콧제임스는 간단하게 대답하고 호텔의 주차장으로 갔다.

오후의 주차장에는 사람이 많이 다니지 않았다. 삼열은 중간에 만나는 사람들에게 인사를 하거나 파워 업을 외쳤다. 스콧제임스가 앉으며 소리쳤다.

"자, 던져봐요."

"오른손으로는 던질 수 없습니다."

"그럼 왼손으로 던지세요."

"왼손으로?"

삼열은 자신이 속으로 중얼거렸던 말이 생각났다. 오른손이 안 되면 왼손으로 던지겠다고, 그것도 아니면 타자를 하겠다는…….

'해보지, 뭐. 죽기야 하겠어?'

삼열은 왼손으로 공을 던졌다. 직구밖에 던질 수 없었지만 생각보다 공이 미트에 잘 들어갔다.

펑.

삼열이 던진 공이 글러브에 빨려 들어간 다음 잠시 부르르 떨었다.

'어? 생각보다 잘되네.'

삼열은 신이 나서 던졌다. 10여 분을 던지자 스콧제임스가 웃으면서 일어났다.

"삼열, 이제 그만요!"

삼열은 더 던지고 싶었지만 멈췄다. 뜨거운 피가 그 잠깐 사이에 무섭게 들끓었다. '이 기분이었어!' 하는 생각이 여러 번 들었다. 그만큼 그는 공을 던지는 것이 즐거웠다.

"가능할까요?"

"넘치네요. 걱정하지 마요. 굉장해요! 문제는 구속인데 이전과 같은 구속이 나올지는 모르겠습니다. 왼손이니 조금 느려도 상관은 없지만요."

"오른손은 가망이 없나요?"

"교통사고를 당한 사람 중 완전하게 낫는 사람은 별로 없어요. 나아도 이전보다 못하고. 오른손도 아마 그렇게 될 확률이 높습니다. 직접적으로 부상을 당했던 곳이고 잘못된 부분을 다시 수술했으니 예전만큼의 위력을 가지지는 못할 겁니다. 그렇게 될 바에야 왼손이 어느 정도 버텨준다면 좌완 투수가 되는 것도 나쁘지 않죠. 그것이 안 되면 타자를 해도 되고요. 알다시피 삼열 군은 홈런 타자는 아니니까요. 툭툭 끊어치니 힘이 좀 약해도 타자로 선수 생활을 하는 것은 가능할 것입니다. 뭐, 본인이 원하지 않으면 어쩔 수 없고요."

삼열은 스콧제임스의 말을 듣고 고개를 끄덕였다. 그동안 재활 훈련에 전념하느라 완치된 이후의 상태에 대해서 생각을 많이 해보지 않았다. 그런데 가만히 생각해 보니 스콧제임스의 말이 맞았다.

그의 오른쪽 어깨에는 지금 수십 개의 철심이 박혀 있다. 그러니 완치된다는 보장도 없었다. 다행스럽게도 왼손의 악력역시 꽤 훌륭한 편이었다.

'한번 해봐?'

가만히 생각해 보니 오른손이 완치되는 시간이나 왼손으로 투구하는 것이나 별 차이가 없을 것 같았다. 물론 오른손이 완벽하게 나으면 당연히 훨씬 더 낫겠지만 말이다.

하지만 사람의 몸은 매우 섬세하다. 한 번 망가진 부위가 완벽하게 낫기란 쉽지 않은 법. 특히 투수는 더욱 그러하다. 공 한두 개의 차이로 스트라이크 존을 운용할 줄 알아야 하는데 완치되었을 경우 그것이 가능할지 확신이 없다. 하지만 지금 왼손은 완전하다.

삼열은 다시 커피숍으로 자리를 옮겨 스콧제임스와 이야기를 나눴다.

원한다면 왼손의 근력 테스트를 해볼 수 있으며 그 과정을 통해 구속도 어느 정도 예측이 가능하다고 했다. 물론 검사를 통해 단번에 아는 것은 아니고 여러 번의 테스트를 통해 시뮬레이션을 돌려 알아내는 방법이라고 했다.

"즉, 사람마다 힘의 최대치라는 것이 있습니다. 예를 들면 80%에 해당하는 근력의 힘으로 공을 던지면 자연 100%로 던졌을 때의 구속이 나오는 원리죠. 물론 오차 범위가 사람에 따라 많이 나기도 하지만 여러 번에 걸쳐 테스트한다면 결국 그것도 오차 범위로 좁혀집니다. 생각이 있습니까?"

"당연히 있죠."

삼열은 두 번 생각하지 않고 바로 대답했다. 스콧제임스는 그런 그를 보며 빙그레 웃었다.

그가 삼열을 처음 만났을 때 그는 그저 공만 빠른 소년에 지나지 않았다. 운동 신경은 좋지 않으나 어느 누구보다도 끈기가 있는 소년이었다. 머리도 좋아 한 번 설명해 주면 두 번 이야기할 필요가 없을 정도였다.

그런 그가 메이저리그의 최고 투수가 되었다니 감회가 새로웠다. 이제는 새롭게 다시 시작해야 하는 처지가 되었지만.

스콧제임스가 생각하는 삼열은 끊임없이 노력하며 목표를 향해 쉬지 않고 달려가는 타입이었다.

그는 삼열이 사고를 당했다는 소식을 늦게나마 듣고서 이참에 좌완 투수가 되는 것도 나쁘지 않겠다는 생각을 했다. 다른 사람에게는 불가능한 일이지만 왠지 삼열에게는 가능할 것 같다는 느낌이 들었다.

샘슨 사 최고의 고객 중 한 명이라서가 아니라 좋아하는 동생이 다시 메이저리그의 마운드에 우뚝 서기를 바라는 마음으로 스콧제임스는 달려온 것이다.

"왼손으로 던지면 얼마나 구속이 나올까요?"

"글쎄요, 오른손의 근력을 참조하면 왼손은 150㎞/h 전후가 아닐까 합니다. 그동안 삼열 군이 오른쪽 어깨 위주로 훈련해 와서 잘 모르겠는데, 왼손으로 던져도 곧 정상급 투수가 될 것입니다. 이미 한 번 가본 길이니 왼손으로 던지는 일에 익숙해지기만 하면 되니까요."

스콧제임스의 말이 비수처럼 날아와 삼열의 귀에 콱 박혔다.

이미 한 번 가본 길.

말 그대로다. 왼손을 잘 사용하지 않아서 그렇지, 오른손처럼 사용할 수만 있게 된다면 그동안 던졌던 구질을 배우는 것은 그렇게 어려울 것 같지는 않았다. 그러니 이제는 삼열이 왼손에 얼마나 빨리 익숙해지느냐에 따라 운명이 달라지는 셈이다.

'해보자. 해서 손해 볼 것은 없잖아.'

그렇지 않아도 오른손이 정상으로 돌아오지 않으면 어떻게 하나 막막해 하던 삼열에게 한 가닥 희망의 끈이 내밀어진 것이다.

"좋네요."

"그렇지요. 날씨가 화창하니 좋군요."

창밖 날씨는 맑았으나 여름의 무더위가 기승을 부리기 시작하고 있었다. 삼열과 스콧제임스는 한동안 커피숍에서 이야기하고는 헤어졌다.

삼열은 집으로 돌아오면서 벅차오르는 감격을 느꼈다. 처음 투수가 되었을 때는 공을 던지는 방법조차 몰라 전전긍긍하다가 이상영에게 배운 후 엄청나게 발전했다. 좋은 선생에게 배우면 실력이 금방 늘게 마련이다. 삼열은 샘 잭슨 투수코치와 이 문제를 의논해 봐야겠다고 생각했다.


집으로 돌아오니 줄리아가 삼열을 보고 후다닥 달려왔다. 삼열은 헉 하고 놀라며 마주 달려갔다. 걸음마를 배운 지 얼마 안 된 것 같았는데 이제 뛰기 시작한 것이다.

"줄리아, 뛰는 건 안 된다고 엄마가 말했지?"

줄리아는 삼열의 품에 안겨 눈을 동그랗게 뜨고 마리아를 바라보았다. 그 표정은 마치 왜 이렇게 재미난 놀이를 방해하는지 모르겠다고 말하는 듯했다. 그 모습을 보고는 마리아가 한숨을 푹푹 내쉬었다.

"줄리아, 내려와. 아빠 팔 아파."

"응."

줄리아는 마리아의 말을 듣고 냉큼 품에서 벗어나 삼열의 손을 잡고 거실로 갔다. 거실은 이미 소파를 제외하고는 놀이터로 변해 있었다.

힘이 센 줄리아가 밀면 어지간한 탁자는 밀려 위험했기에 삼열과 마리아는 그것들을 모두 치워 버리고 아예 작은 놀이터를 만들어 주었다.

미끄럼틀, 그네, 장애물 통과하기 등, 이곳에서는 넘어져도 깨질 것이 하나도 없다. 한쪽 구석에는 인형들과 블록 쌓기 도구들이 아무렇게나 놓여 있었다. 줄리아는 인형을 좋아했다.

줄리아가 뛰어다니는 것은 넘쳐나는 힘을 주체하지 못해서 그러는 것 같았다.

"줄리아, 손 씻고 밥 먹을 준비해."

"응."

줄리아는 아직 말이 서툴러 자신의 의사를 예스와 노 정도 로만 구분하고 있었지만 말은 잘 알아들었다.

정원에는 토마토와 참외가 자라고 있었고 포도나무에 포도 송이도 열렸다.

"여보!"

"왜?"

"우리 줄리아에게 강아지를 사줄까요?"

"괜찮을 것 같기는 한데……."

삼열도 생각을 해보니 뛰어다니기 좋아하는 줄리아를 마리 아 혼자 감당하기 힘들 것 같았다. 다행히 정원이 넓으니 줄 리아가 강아지와 뛰어놀면 될 것 같았다.

"괜찮은 생각이네."

"정말요?"

"하지만 돼지는 안 돼."

"칫!"

마리아는 정원에서 강아지와 뛰어놀 줄리아를 생각하고는

미소를 지었다.

삼열은 소파에 앉아 왼손 투수로 전향하는 것을 심각하게 고민했다. 물론 오른손이 예전처럼 돌아온다면 불필요한 일이 되겠지만 확신할 수 없으니 고민이 되지 않을 수 없었다.

'하자. 살아 있는 것만으로도 감사한 일이다. 그러니 불평할 이유는 없지.'

삼열은 생각을 마치자마자 마리아에게 이야기했다. 마리아가 깜짝 놀라며 물었다.

"왼손으로요?"

"응. 스콧제임스가 왼손으로 한번 해보라는데… 사실 왼손 투수가 타자에게 유리하긴 하잖아."

"아, 그 사람이 그래요?"

마리아도 스콧제임스에 대해서는 삼열에게 많이 들어서 잘 알고 있었다.

"교통사고는 완치가 되어도 예전 같지 않을 거라고 하더라고요."

"하긴요."

마리아도 고개를 끄덕이며 동의했다.

오른손으로 계속 공을 던진다면 토미존 수술과 정형외과 수술 두 가지를 염두에 두고 재활 훈련을 해야 한다.

결코 쉬운 일이 아니다. 물론 왼손으로 던진다고 해도 여전히 오른손 재활 훈련을 피할 수는 없다.

"전 당신이 뭐를 해도 찬성이에요. 당신이 좋아하는 것을 해요."

"그래서 말인데 의논할 일이 있어요."

삼열은 마리아에게 조심스럽게 그동안 연구해 온 안테나에 대한 이야기를 시작했다.

"우연히 미카엘이 만든 안테나의 놀라운 성능을 보고 그에게 특허를 내 이름으로 내도 된다는 허락을 받았어. 그래서 안테나에 대해 연구를 했는데 상용화가 어려워서 어떻게 해야 할지 모르겠어."

"안테나가 어떤 거죠?"

삼열은 미카엘이 만들어준 크고 작은 안테나를 마리아에게 보여주었다.

"어머, 굉장히 이상하게 생겼네요."

"한국에 있을 때 깊은 산에서 훈련한 적이 있었는데 당연히 핸드폰은 안 터졌고. 그러자 미카엘이 이런 형태의 안테나를 만들어서 TV 시청은 물론 인터넷과 통신도 가능하게 만들었어. 혁신적인 제품이지."

"아~ 그런데 뭐가 문제죠?"

"특허를 신청하고 이를 상용화해서 회사에 팔아야 하는데 그게 쉽지가 않아서 고민이네."

"아, 그런 것이라면 헨리 오빠에게 물어봐요."

"헨리?"

삼열은 작년 추수감사절에 장인의 집에서 보았던 키가 크고 딱딱한 인상의 미남자를 기억해 냈다. 둘째인 존과는 성격이 완전 정반대였다.

"네. 헨리 오빠가 GN의 사장이거든요. 아무래도 많은 특허를 취급했을 테니 도움이 될 거에요."

"정말……?"

삼열은 깜짝 놀랐다. GN 그룹은 세계 10위권 안에 드는 다국적 기업이다. 아직 결혼도 안 한 헨리가 그런 대기업의 사장일 줄은 전혀 생각하지도 못했다.

'혹시 그 회사가 멜로라인 가문의 것은 아니겠지?'

삼열은 특허 전문가의 도움을 먼저 청한 다음, 그래도 안 되면 헨리의 도움을 받기로 했다. 돈과 관련되면 가까운 사이일수록 조심해야 한다는 말을 하도 많이 들었기 때문이다.

삼열은 이틀 후 특허 사무실에서 상담을 받았다. 광범위한 설명을 듣고 특허 등록 자체가 문제가 아니라 특허의 범위 설정을 어떻게 하느냐가 중요하다는 것을 배웠다. 즉, 어느 정도의 영역에서 특허권을 보호하려는가 하는 것, 특허권의 범위 영역을 어떻게 설정하느냐에 따라 특허의 효력이 발휘되지 못할 수도 있었다.

삼열은 변호사를 대동하고 특허권 대행 회사와 계약을 맺었다. 그들은 처음에 삼열이 발명 특허를 냈다기에 믿지 않다가 복잡한 공학적 설계도를 보더니 대단히 놀라는 눈치였다.

안테나 자체는 이제 별로 대단할 것이 없는 기술이기에 이 공계 출신이면 다 아는 내용이었다. 그런데 삼열이 제시한 안테나의 설계도는 이전에 존재했던 것들과는 전혀 다른 차원의 것이었다. 삼열은 이들에게 비밀을 유지해 달라고 부탁을 하고 나왔다.

일주일 후에 대행사로부터 특허를 신청했다는 연락을 받고 삼열은 기다렸다. 특허 신청을 해도 심사 기간이 오래 걸려 정확한 날짜를 말해 줄 수 없는데 대략 6개월에서 1년 사이에 결정 날 것이라고 했다.

삼열은 이제나저제나 특허 등록이 되기를 기다렸지만 소식은 오지 않았다. 그러는 중에 삼열은 왼손으로 공을 던지기 위해 훈련을 시작했다.

왼손 투수가 되기 위해 그는 모든 생활 습관을 왼손 위주로 바꿨었다. 오른손이 하던 일을 왼손으로 하는 것이다. 밥을 먹고 문을 열고 물건을 드는 모든 행동을 의식적으로 왼손으로 처리했다. 처음에는 힘들었지만 시간이 지나면서 조금씩 왼손도 오른손처럼 익숙해지기 시작했다.

*　　　　*　　　　*

　2014년의 메이저리그가 끝났다. 시카고 컵스는 지구 1위인 신시내티 레즈와 한 게임 차로 2위가 되었다. 컵스로서는 삼열의 부재에 아쉬움을 느껴야 했다.

　존스타인과 존 릭케츠가 레스토랑에서 저녁을 같이 먹으며 이야기를 하고 있었다.

　"올해도 지구 우승을 못 했군."

　"저도 아쉬울 뿐입니다."

　"흐음, 그 삼열 강 선수의 교통사고 때문이지?"

　"꼭 그렇지만도 않습니다. 아직은 선수들의 경험이 더 쌓여야 하고 유능한 선수들을 모아야 합니다. 다행스럽게도 삼열이 덕분에 구단의 이미지가 많이 개선되었습니다. 유망주나 네임드 선수 중에서 컵스를 선호하는 선수들이 생겨나기 시작했으니까요."

　"흐음, 100년의 한을 푸는 기쁨을 같이 누리고 싶은 것인가? 하하, 좋군."

　존 릭케츠는 포도주를 마시며 기분 좋은 웃음을 터뜨렸다. 그는 눈앞의 존스타인을 바라보았다. 보스턴 레드삭스의 밤비노의 저주를 푼 경험이 있는 예일대 출신 사장을 발탁한 것은 그였다.

존스타인은 10년간 레드삭스를 여섯 번이나 포스트 시즌에 진출시켰고 그중 두 번이나 월드 시리즈에서 우승시켰다. 존스타인이 구단주 존 헨리와 사이가 나빠지지 않았다면 절대로 컵스에 오지 않았을 것이다.

레드삭스가 월드 시리즈에서 우승을 거둘 수 있었던 것은 전적으로 새로운 선수를 발굴하고 구단 산하의 팜을 육성시킨 덕이었다. 존스타인의 업적은 대단하지만 사실 특별한 것은 없었다. 그냥 기본에 충실한 것뿐이었다.

그러나 한 해마다 희비가 갈리는 냉혹한 승부의 세계에서 정도를 걷는 것은 매우 힘든 일이다.

좋은 선수를 모으고 기존 선수들의 실력을 끌어 올리는 것은 상업주의의 영향을 많이 받는 메이저리그에서는 결코 쉬운 일이 아니니까 말이다.

"그런데 그 삼열이라는 선수는 이제 어떻게 할 것인가?"

"마이너리그에 내려보냈습니다."

"마이너리그 경기에도 등판하지 않았다고 하던데."

"재활 훈련이 아직 안 끝난 것으로 알고 있습니다."

"대형 교통사고던데 재기가 가능할 것 같은가?"

"아마 가능할 것입니다. 의지가 강한 선수이고 연습광이라고 소문이 났으니까요."

"하긴, 그 소문은 나도 들었지. 존스타인, 내년에도 부탁하네."

"감사합니다. 보고서에 올린 대로 우리는 목표를 향해 묵묵히 나갈 것입니다. 존도 흔들리지 않아야 합니다."

"이봐, 존스타인. 걱정하지 말게. 난 절대 흔들리지 않아."

존스타인은 존 릭케츠의 말을 믿지 않았다. 변덕스러운 구단주들의 까탈스러움을 이미 여러 번 경험한 탓이다. 하지만 존 릭케츠는 최소 몇 년 동안은 기다려 줄 것이다. 구단이 발전하고 있는 것을 알고 있으니 영악한 그가 성급하게 덤벼들지는 않을 것이 분명했다.

존스타인은 삼열에 대해 걱정되는 바가 있었다. 해가 바뀌어 가고 있는데도 그의 재활 훈련이 끝나지 않은 것이다. 왼손으로도 공을 던지는 훈련을 한다는데 그 성과에 대해서는 부정적이었다.

잘 쓰지 않던 왼손을 갑작스럽게 사용한다는 것도 그렇고, 새롭게 구질을 익히는 것이 그렇게 쉬운 일이 아니기 때문이다.

존스타인은 집으로 돌아와 고민에 빠졌다.

삼열을 버릴 수는 없었다. 앞으로 그가 어떻게 될지 알 수 없기 때문이다. 게다가 식을 줄 모르는 그의 인기는 매우 부담스러웠다. 단 두 경기에 나와 2승을 거두고 시즌을 접었는데도 매스컴과 언론의 취재 열기는 식을 줄 모르고 있고 팬들의 사랑도 한결같았다. 그를 팀에서 방출한다는 것은 상상도 할 수 없다.

삼열의 사소한 일상조차 매일 지역신문과 방송에 나올 정도니 말 다했다. 그러니 그에 대한 처분은 정말 신중해야 했다.

또 하나 조심스러운 것은 그가 이제 미국인들의 영웅이 되었다는 점이다. 불치병을 이기고 메이저리그의 마운드에서 무지막지한 기록을 세웠으니 말이다.

미국인은 유독 인간 승리나 입지전적인 인물에 대해서는 사랑이 과도하다. 그 탓에 삼열은 이제 누구도 무시하지 못할 유명 인사가 되어 있었다.


다음 날 존스타인은 구단 관계자들을 불러 삼열에 대한 보고서를 받았다. 베일 카르도 감독도 아침부터 나와 있었다. 어제 늦게까지 술을 마셨는지 그의 입에서 술 냄새가 풀풀 풍겼다.

"기록에 의하면 내년에도 삼열이 경기에 나설 가망성이 없는데, 어떻습니까?"

"차도는 있는 모양인데 그게 쉽지는 않은 것 같습니다."

척 브루스가 대답했다. 그는 팀 닥터이며 이번에 삼열에 대한 병원의 의견을 받아 구단에 전하는 역할을 맡았다.

"왼손으로 던지는 것은 어떻답니까?"

"아직 제대로 시작도 안 한 모양입니다. 삼열은 기초를 중요하게 여기는 성격이라 왼손과 왼쪽 어깨를 강화하는 훈련으로 시간을 다 보내는 것 같더군요."

"하아, 그러면 곤란한데. 내년에도 팀에 복귀를 못 하면 팬들이 실망할 텐데요."

존스타인은 잠시 입을 다물고 있다가 결심을 굳힌 듯 단호한 어조로 말했다.

"베일 카르도 감독님, 그를 타자로 내보내는 것은 어떻습니까? 1번 타자는 충분히 해줄 수 있을 것 같은데……. 흐음. 척, 가능성은 있어 보이나요?"

"타자로 출전해도 풀타임은 소화하지 못할 것입니다. 오른쪽 어깨가 완전하게 나은 것이 아니고 굳이 무리할 이유도 없지요."

척 브루스가 조심스럽게 자신의 의견을 존스타인에게 말했다.

"그럼 이렇게 하죠. 어차피 그도 FA를 위해서라도 메이저리그에서 활약하고 싶어 할 것입니다. 타자로서도 천재적인 재능이 있으니 두 경기 중 한 경기에만 내보내도록 하지요."

"그렇게 되면 로스트의 압박을 받게 될 것입니다."

"이거 왜 이래요. 그는 충분히 자신의 몫을 해줄 텐데요. DL을 탄력적으로 운용하면 되는 것 아닌가요?"

"그렇게까지 말씀하시니 한번 해보죠. 문제는 삼열이 허락해야 하는 것이지만요."

"물론이지요. 감독님이 한번 권해보세요. 아마 좋아할 것입니다."

"…그럴까요?"

베일 카르도는 왠지 존스타인의 말에 선뜻 동의할 수가 없었다. 삼열은 어디로 튈지 모르는 럭비공 같은 존재이기 때문에 감독인 자신으로서도 대하기가 여간 조심스럽지 않았다.

하지만 그는 존스타인 사장의 말에도 어느 정도 수긍했다.

구단을 운영하다 보면 경기 외적인 면이 많이 작용한다. 삼열과 같은 인기 있는 선수를 계속 마이너리그에 내버려 둘 수는 없다. 프로는 모든 게 돈과 연결되니까.

베일 카르도는 사장실을 나오면서도 고민이었다. 삼열이 반발하면 어떻게 하나, 또한 그가 받아들이면 내년에는 어떻게 라인업을 짜나, 하는 생각에 벌써 머리가 아팠다.

# 2. 타자

삼열은 베일 카르도 감독으로부터 사무실로 나오라는 말을 듣고 의아해했다. 마이너리그로 내려가서 연봉 협상이고 뭐고 별로 할 필요가 없었던 탓이다. 게다가 그런 일은 에이전트를 통해 하게 될 텐데 회사로부터는 연봉 협상을 한다는 연락을 받지도 못했다.

'뭐지?'

삼열은 차를 몰아 구단에 도착했다. 11월의 하늘은 무겁고 칙칙했다. 가끔 비도 내리긴 했지만 언제든 눈으로 바뀔 수 있는 차가운 날씨였다.

삼열은 요즘 신이 났다.

오른쪽 어깨도 어느 정도 회복되었고 왼손으로 던지는 준비 작업도 거의 끝나가고 있었다. 오른손의 악력 훈련을 할 때 웨이트 트레이닝도 병행을 해서 오른쪽 어깨의 강화 훈련도 어느 정도 되어 있었던 것이다.

예를 들면 물구나무서기나 손가락으로 철봉을 오르내리는 훈련은 반드시 좌우 손가락을 모두 사용했다. 완력기를 가지고 손가락을 강화하는 훈련을 할 때도 왼손도 같이 해줬다. 다만 오른쪽 손가락 강화 훈련을 열 번 한다면 왼쪽 손은 그냥 슬쩍슬쩍 하긴 했다. 몸의 균형을 위해 그렇게 했었는데 오른쪽 어깨를 부상당하고 나니 그것이 희망의 빛이 되어버렸다.

차를 주차장에 세우고 사무실로 들어가는데 눈이 내리기 시작했다.

첫눈이었다.

삼열은 사무실로 들어가지 않고 멍하게 하늘을 바라보았다. 눈이 금세 그쳐 버렸다. 첫눈이 그러하듯 전혀 온 것 같지가 않았다.

사무실의 문을 열고 들어가니 베일 카르도 감독이 책상에 팔을 올리고 턱을 괸 채 생각에 잠겨 있었다.

"부르셨어요?"

삼열이 머리만 살짝 내밀고 말했다. 그 모습에 베일 카르도 감독이 피식 웃었다.

"아. 어서 들어와, 삼열!"

베일 카르도이 일어나 문을 열어주었다. 삼열이 들어가자 그는 의자를 권했다.

"앉게. 그동안 잘 지냈나?"

"네. 뭐, 그저 그렇게 지냈죠."

"차는 뭘로?"

"커피 주세요."

베일 카르도 감독이 직접 커피머신에서 커피를 내려 컵에 따라주었다.

삼열은 커피를 홀짝홀짝 마시며 베일 카르도의 눈치를 살폈다. 한때 잘나가기는 했지만 시즌을 몽땅 망쳤으니 눈치가 많이 보였다. 게다가 내년에도 메이저리그로 올라갈 가망성이 별로 안 보였기 때문에 더 그랬다.

"내년에 던질 수 있겠어?"

"아뇨."

삼열은 베일 카르도의 말이 끝나자마자 바로 대답했다. 그 모습을 보고 베일 카르도가 미소를 지었다. 어쨌든 오늘은 이 귀여운 악동이 자신의 눈치를 많이 보고 있는 것 같으니 이야기하기가 쉬울 것 같았다.

"흠, 그러면 돌려서 말하지 않을 테니 잘 생각해 보고 말해 주게. 존스타인 사장이 내년에는 자네가 경기에 뛰어주기를 바라고 있어. 물론 자네의 상태를 알지만 팬들의 요청도 있고 말이지."

"팬들이요?"

"그래. 자네는 우리 팀의 에이스 아닌가. 2년을 몽땅 쉰다면 팬들의 동요가 심할 거야. 그렇게 되면 구단이 힘들어지게 돼. 그렇다고 가능성이 남아 있는 자네를 다른 팀으로 트레이드시킬 수는 없지 않은가."

삼열은 베일 카르도 감독의 말을 듣고 고개를 끄덕였다. 트레이드한다고 받아줄 구단도 사실 없다. 2년 반짝하고 교통사고를 당한 투수를 어느 구단이 받아준단 말인가.

"어떻게 경기에 참가해요? 아직 왼손도 익숙하지 못한데요."

"이가 없으면 잇몸으로 먹어야지. 자네 타자로 출전하게."

"타자로요?"

삼열 자신도 타자로 뛸 수 있다는 생각을 해보기는 했지만 막상 구단의 요구를 받아보니 막막했다. 완전히 투수는 못 하는 것 아닌가 하는 생각마저 들게 되었다.

"자네의 타격 실력은 메이저리그에서도 정상급이야. 1번 타자로서는 적격이지. 순발력도 있고 장타력도 겸비했으니까."

"그럼 저는 이제부터 타자가 되는 것인가요?"

삼열은 베일 카르도 감독의 눈치를 살피며 조심스럽게 물었다. 타자가 된다면 올해 노력해 온 것들은 모두 허사가 되고 만다.

"하하, 자네 같은 파이어볼러는 투수를 계속해야지. 그냥 몇 경기에 나와 팬들에게 얼굴이나 보이라고. 그래야 나중에 연봉 조정 신청을 할 때나 FA 자격 취득에도 유리하지 않은가."

"물론 그렇긴 하죠. 그래도 타자로 출전할 생각은 하지 못해서 훈련을 못 했는데요."

"그러면 지금부터 하게."

"아, 네."

"그럼 그렇게 알고 가보게."

삼열은 사무실을 나오면서 인상을 구겼다. 타자는 그다지 내키지 않았다. 최악의 순간이라면 타자가 되는 것도 마다하지 않겠는데, 그것이 아니라 팬들에게 얼굴이나 비추라는 말은 기분이 나빴다. 그렇다고 거부하기도 힘들었다.

'젠장, 어떻게 되겠지. 음하하! 타자도 난 좌타자다.'

삼열은 마음을 고쳐먹고 웃으며 집으로 돌아왔다.

집에 오니 역시나 거실이 난장판이 되어 있었다. 줄리아가 강아지와 돼지와 뒤엉켜 놀고 있었던 것이다.

마리아는 잔소리하기도 지쳤는지 소파에 앉아 멍하니 아이를 바라보고 있었다. 그녀의 얼굴에는 내가 왜 강아지를 사주자고 했을까 하고 후회가 가득 담긴 표정이었다.

　강아지는 그레이트 피레니즈로 자라면 엄청나게 커진다. 돼지는 옆집 막스 애덤스 씨에게서 얻어온 미니 돼지였다.

　'저걸 받아오는 게 아니었어.'

　삼열은 미니 돼지 도니를 바라보았다. 영리한 도니는 삼열이 자신을 노려보자 꼬리를 내리고 한쪽 구석에 가서 얌전하게 앉았다. 도니가 얌전해지자 강아지 제시도 눈치를 채고 줄리아 앞에 배를 까뒤집고 누워버렸다.

　"당신 왔어요?"

　"저 녀석들, 어지간하면 갖다 버려."

　삼열의 말에 줄리아도 갑자기 얌전하게 변했다. 아빠가 화가 나면 무섭다는 것을 어린 줄리아도 이제는 눈치챈 것이다.

　줄리아가 갑자기 일어나 삼열의 다리에 매달려 빙긋 웃었다. 그 모습에 삼열도 어쩔 수 없이 피식 웃고 말았다.

　"줄리아, 엄마가 힘드시니 너무 어지럽히면 안 된다. 엄마는 너를 위해 맛있는 맘마도 만들어 주시는데, 그렇게 하면 안 돼. 알겠지?"

　"응, 응!"

　고개까지 까딱거리는 모습에 삼열은 줄리아를 안아 들었

다. 아무리 엄하게 키우려고 해도 딸을 보고 있으면 쉽게 마음이 약해지니 어쩔 도리가 없다. 다만 삼열이 강아지와 돼지에게 애정이 없다는 것을 알아차린 줄리아가 스스로 조심할 뿐이었다.

삼열은 마리아에게 키스하고 거실을 치우기 시작했다. 마리아도 옆으로 다가와 같이 거들었다. 아이가 있는 집은 어쩔 도리가 없다. 아이가 더 크면 나아지겠지만 마리아는 더 일찍부터 아이를 가르치고 싶어 했다.

삼열은 마리아가 딸을 야단칠 때 절대로 말리지 않았다. 말리면 아이의 가치관에 혼란이 올 것이기 때문이다. 잘못해서 혼나고 있는데 말리면 졸지에 잘못하지 않은 것이 되어버린다. 그것은 딸을 망치는 길이 된다.

다만 화난 마리아를 살며시 안고 '우리 딸도 반성했을 테니 이제 용서해 주는 게 어때요?'라고 하면 마리아가 마지못해 잔소리를 멈췄다.

"야, 너희들!"

삼열이 소리를 치자 도니와 제시가 귀를 쫑긋거렸다.

"여기 청소해야 하니까 저쪽으로 가 있어."

삼열이 손가락을 가리키는 쪽으로 도니와 제시가 재빨리 움직였다. 둘 다 지나치게 영리한 놈들이다.

삼열은 진공청소기로 구석구석을 청소했다. 금방 거실이 깨끗해졌다. 그러자 줄리아가 냉큼 소파에 앉았다. 그러고는 삼열을 보며 애교 있게 웃었다. 삼열도 피식 웃었다.

"아빠."

줄리아는 삼열에게 안기려고 두 팔을 올렸다가 마리아의 눈빛을 보고 재빨리 내렸다.

"아참, 여보. 감독이 나에게 내년에는 타자로 뛰라는데?"

"네에……?"

마리아는 요리 준비를 하려다가 멈춰 삼열을 바라보았다. 이게 무슨 말도 안 되는 소리냐는 얼굴이었다.

"팬들에게 얼굴이나 내밀라고……."

"아, 그렇군요. 당신이 인기가 있으니 타자로 좀 사용하려나 보네요. 타자로 뛰면 훈련 시간이 줄어드는 것 아니에요?"

"글쎄. 타격 연습이야 뭐, 별거 없잖아. 오른쪽 어깨 통증도 이젠 없어진 상태니 쉬엄쉬엄 연습을 시작하면 되겠지. 그래도 구단이 나를 타자로 전향시킬 생각은 아닌가 봐."

"타자도 괜찮지 않아요?"

"난 투수가 더 좋아."

"그럼 어쩔 수 없죠. 그래도 타자를 해도 괜찮을 것 같다는 생각이 들긴 해요. 타자는 9이닝 동안 네다섯 번만 나오면 되잖아요. 투수는 100개나 되는 공을 던져야 하고요."

"엇! 그러네. 난 투수는 5일에 한 번만 경기하면 되니 그게 더 이익이라고 생각했는데, 그게 아니었잖아?"

"호호."

"그래도 타자 중에는 잘하는 선수들이 많아서 곤란해."

마리아는 삼열의 말을 듣고 미소를 지으며 음식을 만들기 시작했다.

맛있는 음식 냄새를 맡자 삼열은 갑자기 배가 고파졌다. 줄리아도 배가 고픈지 주방을 뚫어지게 바라보았다. 도니와 제시도 주방을 바라보며 혓바닥을 내밀었다. 오후 내내 너무 열심히 놀았는지 꼬맹이들은 일제히 마리아의 손만 바라보았다.

삼열은 그 모습이 참 보기 좋았다. 강아지와 돼지가 마음에 드는 경우는 이런 시간 외에는 별로 없었다. 딸아이와 애완동물이 있어 왠지 집 안이 가득 차는 듯한 느낌이 들어 좋았다.

삼열은 샤워하고 나서 줄리아를 씻겼다. 그리고 즐겁게 저녁 식사를 시작했다. 먹는 것을 유난히 밝히는 줄리아가 강아지와 돼지의 사료를 가져다주었다.

이는 마리아가 시킨 것이다. 동물들은 먹이를 주는 사람을 주인으로 인식하기에 제시가 나중에 커지면 혹시나 하는 마음으로 어릴 때부터 철저하게 줄리아가 주인이라는 것을 각인시키려는 것이었다.

사료 일부가 바닥에 쏟아졌지만 강아지와 돼지는 아랑곳하지 않고 재빨리 주워 먹었다.

"먹어."

왈왈.

꿀꿀.

삼열은 생선 요리와 스테이크를 먹으며 줄리아를 틈틈이 먹였다. 줄리아는 아직 포크질이 서툴렀다. 양 볼이 미어터져라 고기를 먹는 줄리아를 보며 삼열은 미소를 지었다.

"여보, 맛은 어때요?"

"당연히 최고지. 당신이 요리했는데."

"호호호."

마리아가 삼열의 칭찬에 즐겁게 웃었다. 사실 마리아의 음식 솜씨는 매우 좋아서 어지간한 레스토랑보다 맛있다.

요즘 손질에 시간이 많이 드는 장어 요리는 빠졌다. 줄리아 때문에 메뉴가 조금 단순화되었는데, 아기를 돌보느라 장보러 갈 시간이 별로 없었던 탓이다.

왈왈.

꿀꿀.

강아지와 돼지가 언제 다 먹었는지 줄리아를 보고 짖었다. 마리아가 접시에서 고기를 한 개씩 담아 도니와 제시에게 주었다.

한 개 이상은 줄 수 없었기에 강아지와 돼지도 더 이상 달라고 하지 않았다. 이미 한 달 이상 그렇게 해왔기 때문이다.

도니는 여전히 작은데 제시는 이미 커져 둘이 같이 놀면 제시의 상대가 안 되었다. 줄리아의 키도 많이 자랐다. 시간은 똑같이 흘러가지만 모두에게 공평하게 적용되는 것은 아니었다. 그것을 삼열은 딸의 성장을 보며 느꼈다.

TV를 틀자 올겨울은 유난히 추울 것이라는 일기 예보가 나왔다.

삼열은 혹시나 해서 연료와 비상식량을 모두 사다 놓았다. 도시라 눈이 와도 제설 작업이 빠르게 진행되겠지만 예기치 않은 폭설이면 간혹 전기가 끊기는 경우도 있었다. 미국의 전기 사정은 예상외로 좋지 못했다.

*      *      *

삼열은 겨우내 연습장에서 투구 연습을 했다. 왼손으로도 직구 하나는 제대로 던질 수 있게 되었다.

삼열은 미소를 지었다. 정말 스콧제임스가 말한 대로 구속이 150km/h 전후로 나왔던 것이다.

고등학교 시절의 경험에 비추어보면 구속은 앞으로 더 증가할 여지가 있었다. 왼손으로 던지면 던질수록 공에 무게를 실는 것에 능숙해지니 말이다.

삼열은 타격 훈련도 했다. 타격의 메커니즘은 공을 던지는 것과 비슷했다.

타이밍과 힘의 가속, 그리고 체중을 배트에 옮기는 것은 쉬운 일이 아니지만 제대로 되면 누구라도 베이브 루스나 배리 본즈 같은 홈런 타자가 될 수 있다.

문제는 투수가 던지는 공에 타이밍을 맞히는 것은 천재적 재능을 타고나야 한다는 것이다. 아니면 행크 그린버그처럼 지독한 노력가이거나.

메이저리그 개막이 다가올수록 삼열은 투구보다 배팅에 신경을 더 썼다.

오른손 타격이 익숙했는데 이제는 왼손으로 하려니 예전의 감각을 되살릴 필요가 있었던 것이다. 게다가 이제는 커트 신공보다는 홈런에 욕심이 더 많이 났다.

1번 타자로 출전하게 된다면 출루율이 당연히 중요하지만 메이저리그의 1번 타자는 생각보다 장타력을 갖춘 선수들이 많다. 메이저리그가 스몰 야구에 익숙하지 않은 탓이다.

만약 메이저리그가 스몰 야구에 우호적이었다면 베이브 루스보다 타이 콥이 더 인기 있었을 것이다. 타이 콥이나 베이브 루스나 둘 다 신사적인 성격은 아니었으니 그 나물에 그 밥이지만.

삼열은 배트를 휘둘렀다. 그냥 휘두르는 것이 아니라 아주 천천히 휘둘렀다. 이렇게 연습을 하면 잘못된 자세를 고치기 쉬워진다는 것을 투구 연습을 통해 배웠기 때문이다.

순간적인 힘으로 배트를 휘두르는 것도 쉬운 일은 아니지만 이렇게 느리게 휘두르는 것은 더 큰 힘과 인내를 필요로 한다. 느리면 느릴수록 그만큼 더 오랫동안 배트를 평행으로 유지해야 하기 때문이다. 당연히 어깨와 허리, 관절의 조화가 이루어지지 않으면 어림없다.

배트로 이렇게 하는 것은 투구 동작보다 훨씬 어려웠다. 150g 전후의 야구공보다는 900g 전후의 배트가 훨씬 더 무겁기 때문이다.

삼열은 타격 훈련을 하면서 더욱 정교하게 근육을 사용하는 법을 배우기 시작하였다.

타격과 투구는 다른 근육을 사용한다. 하지만 둘 다 어떤 특정 부위의 근육을 사용하기보다는 몸 전체, 그리고 타이밍이 더 중요하게 작용한다.

투구는 릴리스 포인트가 잘못되면 제구가 무너지고 타격은 0.4초 내에 타격 포인트를 맞히지 못하면 안타를 칠 수 없다.

삼열은 기분이 이상야릇하였다. 자신이 마치 조지 시슬러가 된 느낌이었다.

월터 존슨과 같은 위대한 투수가 되고 싶었던 그는 너무 뛰어난 타격 자질을 가진 게 죄였다. 한 해 257개의 안타 기록을 가진 그는 84년 동안 메이저리그 최다 안타 기록을 보유하고 있었다. 이 기록은 스즈키 이치로에 의해 2004년에 깨졌다.

삼열은 자신이 타격에 재능이 있는 것을 너무나 잘 알고 있다. 너무나 뛰어난 육체의 진보가 남들보다 더 빠른 반응을 가능하게 만들었고 이는 그의 타격에도 영향을 미쳤다.

'어쩌면 타자가 투수보다는 더 몸에 맞을지도 모르지. 6초 이내에 100미터를 주파할 수 있으니까.'

삼열은 나직하게 한숨을 내쉬었다. 대충 하려고 해도 이상하게 시작만 하면 진지해지는 성격과 습관 탓에 타격 훈련이 처음 그가 의도한 것보다 더 앞으로 나아가 버렸다.

특히나 루크 애플링 놀이, 즉 투수들의 공을 커트하면서 알게 된 타격 타이밍이 타격 훈련에 엄청난 영향을 주었다.

집에 돌아오니 마리아가 아이들을 혼내고 있었다. 줄리아는 벽을 보면서 벌을 받고 있고 돼지와 강아지는 한쪽 발로 벽에 서서 낑낑거리고 있었다.

삼열은 그 모습을 보고 피식 웃었다. 하루 이틀도 아니고 이런 모습이 이제는 익숙했다. 어려서부터 엄하게 가정교육을 받아온 마리아가 줄리아에게 이러는 것이 이해가 갔다.

"아이, 속상해요."

마리아가 삼열을 보자마자 입을 내밀며 한마디 했다. 어떻게 보면 그녀는 이런 상황 자체를 이해하지 못할 것이다.

여자치고 이렇게 드센 아이가 또 어디에 있을까 할 정도로 줄리아는 개구쟁이였다.

마리아는 조용한 성품으로 어릴 때부터 별 말썽 없이 자랐다. 그런데 이렇게 힘이 넘치는 아이를 딸로 가지게 될 줄은 그녀도 전혀 몰랐을 것이다.

삼열은 마리아를 토닥거려 주었다. 여기서 아이 편을 들면 아이의 버릇이 나빠지는 것은 물론 저녁 메뉴가 달라지기에 조심해야 한다.

그리고 미국은 체벌이 법으로 금지되어 있기에 벌을 받아도 아이가 그다지 불쌍해 보이지도 않았다. 한다는 것이 겨우 벽 보고 서 있기 아니면 의자에 혼자 앉아서 자기가 무엇을 잘못했는지 반성하기 등이니 말이다.

"수고했어요."

삼열이 어깨를 토닥이자 마리아가 한숨을 내쉬었다.

"줄리아, 아빠 오셨으니 오늘은 이만 해도 돼. 다음에 또 그러기만 해봐."

줄리아는 아빠가 왔다는 말에 어깨를 움찔거리고는 삼열을 보고 울음을 터뜨렸다.

"앙~ 아빠! 아앙~!"

어린 것이 무엇이 서러운지 계속 울어댔다. 딴에는 억울한 모양이다. 삼열은 우리 예쁜 공주님이 왜 울까, 하며 줄리아를 품에 안고 다독였다.

"여보, 저것들이 우리 예쁜 줄리아를 개구쟁이로 만드는 것 같은데 저걸 어떻게 처리하지?"

삼열이 말을 하자마자 줄리아가 울음을 뚝 그쳤다. 그리고 삼열의 얼굴에 뽀뽀를 하더니 훌쩍거렸다.

"노, 노."

줄리아가 안 된다고 울먹이자 돼지와 강아지도 삼열의 옆에 와 발라당 엎드려 애교를 부렸다. 그 모습에 삼열은 기가 막혔다.

"줄리아, 엄마를 힘들게 하면 안 돼요. 엄마는 너를 위해 하시는 거야. 네가 예쁘게 잘 클 수 있도록 하는 거니 엄마의 말을 잘 들어야 해. 아빠도 엄마 말은 잘 듣잖니?"

"응."

줄리아가 대답하고 히죽 웃자 삼열은 머리를 쓰다듬어 주고는 품에서 내려놨다. 줄리아가 거실 한쪽으로 가자 돼지와 강아지도 졸졸 따라갔다.

"저 녀석들 때문에 저녁 준비도 제대로 못 했어요."

말을 하며 한숨을 내쉬는 마리아를 삼열은 가볍게 안고 '힘내요, 여보'라고 했다. 개구쟁이 줄리아는 한쪽 구석에서 돼지와 강아지에게 뭔가를 지시했다. 아버지도 못 알아듣는 말을 이해하는 동물을 보며 삼열은 한편으로 신기했다.

저녁을 먹으면서 삼열은 얌전해진 줄리아와 동물들을 보며 이것이 행복이라고 생각했다.

*　　　*　　　*

겨울이 끝나고 시즌이 시작되었다. 겨울은 춥고 혹독했지만 다행히 폭설은 내리지 않았다.

겨우내 타자로서 훈련한 삼열은 자신감으로 충만했다. 하지만 타자로 메이저리그에 선다는 것이 무척이나 낯설었다. 항상 마운드를 꿈꿨고 공을 던지면서 자부심을 느꼈다. 하지만 지금은 친숙한 공을 내려놓고 배트를 휘둘러야 했다.

"삼열, 긴장되지 않아?"

로버트가 걱정이 된 듯 삼열의 얼굴을 바라보았다. 삼열은 긴장한 얼굴을 유지한 채 대답했다.

"엄청나게 긴장된다. 젠장, 그러나 어쩔 수 없잖아."

"그래도 너를 개막전부터 내보내는 것은 너무한 것 같아."

"그렇지? 너도 그렇게 생각하는구나!"

"그렇지. 착한 빅토르 영이 벤치에 앉아야 하잖아."

"그럼 그렇지, 너를 믿은 내가 바보다."

"이제 긴장이 풀렸구나."

"그러네. 아, 난 이번 경기에 결심했어."

"......?"

"반드시 홈런을 치고 말겠어."

삼열은 타자들의 벤치에 앉아 일어서서 몸을 움직였다. 거의 1년 만의 경기라 많이 떨렸다. 긴장되어 입에 침이 말랐다.

1루부터 관중석이 차기 시작하였다.

경기가 시작하기 30여 분 전에 이미 대부분의 의자에 사람들이 모두 앉았다. 삼열이 더그아웃에서 나와 관중을 바라보자 환호성이 일었다. 커다란 전광판에도 그의 얼굴이 나왔다.

삼열은 손을 흔들었다.

관중들의 환호성으로 인해 긴장했던 것들이 순식간에 날아갔다. 이제는 다시 악동으로 돌아와야 할 시간이었다. 삼열은 크게 호흡을 하며 팔을 뻗어 바람이 지나가는 것을 느꼈다.

'이제 새로운 시작이다. 이 도전이 성공하도록 최선을 다하자.'

삼열은 마음을 다잡고 상대 선수들과 악수를 했다. 상대 팀은 밀워키 브루어스였다.

에이스 잭 그레인키가 LA 에인절스로 가면서 유망주 진 세구라, 자니 헬웨그, 아리엘 페냐가 왔다. 월드 시리즈 진출에 실패하면서 팀의 주전인 프린스 필더가 떠나고 에이스마저 LA 에

인절스로 가면서 팀의 전력이 크게 약화되었다.

사람들은 삼열이 오늘 타자로 나온 것을 이상하게 생각했다.

우익수로 출전한 삼열은 천천히 주위를 둘러보았다. 모두가 그를 신기하게 바라보았다. 하지만 뭐라고 하는 사람은 없었다. 팬들이 그의 뛰어난 타격 실력을 아는 탓이다. 삼열은 0.321의 타율과 일곱 개의 홈런 기록을 가지고 있었다.

컵스의 선발은 비트만이었다. 그는 2012년 5승 14패에 평균 자책점 4.64를 기록한 후 빠르게 안정을 찾기 시작하더니 작년에는 11승 8패, 3.45의 평균자책점을 기록했다.

그는 날카로운 직구와 정상급 체인지업을 효과적으로 다루면서 안정적으로 변했다.

원래 90마일에서 93마일까지 던졌던 그는 최근에 95마일까지 구속이 늘어나면서 타자들이 어려워하였다. 게다가 커브와 슬라이더의 비율을 높임으로 인해 직구가 더 위력적으로 변했다.

삼열은 우익수의 위치에서 비트만이 공을 던지는 것을 지켜보았다. 그라운드에는 관중들의 환호성과 열기가 가득했고 하늘은 무척이나 맑았다. 삼열은 자신 앞으로 날아오는 공을 노려보며 앞으로 달려갔다.

딱.

아직은 우익수 자리가 낯설기는 하지만 삼열의 다리는 무지하게 빨랐다. 그래서 다른 선수들처럼 타구의 방향을 미리 예측하지는 못했지만 누구보다도 빠르게 뛰어가서 빠르게 잡았다. 그러고는 달려온 가속도를 이기지 못하고 앞으로 한 번 굴렀다.

그러나 삼열은 공을 떨어뜨리지 않고 일어나 글러브에서 꺼내 1루 쪽으로 다가가 어린 소녀에게 직접 주었다. 그러자 관중들의 박수가 크게 터져 나왔다.

우익수 빅토르 영이라면 쉽게 잡았을 공을 삼열은 어렵게 잡았지만 관중은 아주 좋아했다. 관중의 입장에서는 이것이 더 재미있었다. 긴박감이 있고 짜릿했던 것이다.

"나이스 캐처!"

레리 핀처가 글러브를 낀 채로 박수를 쳤다.

"삼열 강, 나이스! 파워 업!"

관중석에서 삼열의 응원가인 파워 업이 흘러나왔다.

"나나나나나 파워 업!"

삼열은 관중들의 응원에 맞춰 춤을 췄다. 일부러 웃기는 동작으로 추니 관중들이 허리를 꺾으며 웃었다.


베일 카르도 감독은 그라운드에서 춤을 추는 삼열을 보며 혀를 찼다. 도대체 속을 알 수가 없는 녀석이었다. 하지만 확실한 것은 관중들이 그를 무척이나 좋아한다는 것이다.

컵스의 팬들은 오랜 시간 동안 눌려왔던 침체 분위기에서 벗어나기를 소원했다. 100년의 한은 한이고, 우울한 모습을 보이는 컵스가 싫었다. 싫은데도 컵스는 가족과 같아 차마 버릴 수가 없다. 컵스는 여러 아이들 중에 가장 못난 자식 같았다.

그런데 삼열이 이런 컵스를 재미있게, 생기 있게 만들었다. 비록 그는 악동이지만, 그렇다고 문제아는 절대 아니었다. 충분히 받아들일 만한 말썽을 부렸고 유쾌했다. 그리고 그는 좋은 일도 많이 하였다.

게다가 불치병인 루게릭병에 걸렸다가 기적적으로 병을 이겨내었다. 마지막으로 아름다운 마리아와 결혼을 하고 딸을 낳아 잘살고 있다.

아이들은 재미로, 어른들은 아이들을 사랑하는 마음에, 일부는 삼열의 치열한 삶에 감동받아 팬이 되었다.

삼열은 컵스의 마스코트 같은 존재였다. 비록 이제 4년밖에 안 되었지만 그를 떠나서 컵스를 생각할 수 없게 되었다.

존스타인은 이런 팬들의 소망을 정확하게 읽었다. 삼열에게 투사된 개개인의 욕망이 묘하게 서로 얽혀 끈끈한 관계를 만든 것이다. 경영자의 입장에서는 주어진 자원을 적재적소에 배치하여 효율을 최대로 끌어올려야 한다. 삼열은 그 효율성의 정점에 있는 존재다. 그래서 그는 삼열을 최대한 이용할 생각이었다.

컵스의 팜은 튼튼해지고 있고 구단의 분위기도 변하고 있다. 이런 상황에서 삼열이 빠지면 죽도 밥도 안 된다. 그래서 고민을 했고 그를 타자로라도 내보낸 것이다. 그는 컵스의 희망이니까.

1회에 더 이상의 위기는 없었다. 비트만이 나머지 두 타자를 삼진과 파울 플라이로 잡았기 때문이다. 삼열은 더그아웃으로 들어가 게토레이를 먹고는 보호 장비를 착용했다.

마운드에서는 상대 투수가 나와 연습구를 던지고 있었고 다른 수비수들도 천천히 자신의 자리에 섰다.

삼열은 배트를 들고 좌우로 흔들어 보았다. 몸이 상쾌한 것이 오늘은 어떻게 해도 안타를 칠 것 같았다.

상대 투수는 오바니 바르가. 멕시코 출신의 우완 투수로, 4년 연속 200탈삼진을 기록하고 있으며 제구력이 좋은 투수였다. 포심과 체인지업, 슬라이더, 커브를 던지는데 속도 조절에 아주 능한 선수였다. 파워 피처는 아니고 90마일 전후의 공을 던지지만 제구력이 좋아 원하는 곳에 공을 꽂아 넣는다.

삼열은 타석에 들어서며 바닥을 봤다. 오늘따라 황갈색 흙이 선명하게 눈에 들어왔다.

'초구를 노린다.'

삼열이 이렇게 생각하는 이유는 상대 투수가 아직 피칭 포인트를 제대로 잡지 못해서이기도 했지만 자신이 이제까지 초구를 노린 적이 단 한 번도 없었기 때문이다.

일곱 개의 홈런을 가지고 있는 삼열은 투수지만 상대편 포수가 연구하지 않았을 리 없다고 생각했다. 그렇다면 초구는 스트라이크로 들어올 것이 틀림없었다.

삼열은 고개를 들고 상대 투수를 노려보았다. 갈색 얼굴에 뾰족한 턱수염이 한눈에 들어왔다.

브레이킹 볼이 굉장히 예리한 투수다. 오바니 바르가가 투구 동작을 했다. 삼열은 배트를 움켜쥐고 왼손에 힘을 넣었다. 그러자 공이 날아왔다.

오늘따라 공이 크게 보이고 시간이 느리게 가는 듯했다. 삼열은 호흡을 멈추고 배트를 힘껏 휘둘렀다.

따악.

멈췄던 시간이 다시 흘러가면서 공이 빠르게 날아가는 것이 보였다. 삼열은 재빨리 배트를 버리고 1루로 뛰어갔다. 요란한 소리에 흘깃 보니 공이 담장을 넘어가고 있었다.

홈런이었다.

"홈런!"

"와아! 홈런이야, 홈런!"

"홈런이야. 와우!"

더그아웃에 있던 컵스의 선수들이 모두 일어나 2루를 돌고 있는 삼열을 바라보았다.

오바니 바르가는 허탈한 표정으로 뒤를 돌아보다가 고개를 숙이고 왼발로 마운드 옆을 파기 시작했다. 삼열은 1루를 돌면서 연호하는 관중들을 향해 손을 흔들며 2루와 3루를 돌아 홈 베이스를 밟았다.

베일 카르도 감독은 자리에서 벌떡 일어나 어안이 벙벙한 표정으로 삼열이 3루를 도는 모습을 지켜보았다.

투수 출신이긴 하지만 타격에 굉장한 소질이 있는 선수인 것은 알고 있었다. 게다가 존스타인 사장의 말도 있고 해서 말 그대로 팬들에게 얼굴만 가끔 보일 참이었다. 그런데 첫 타석에서 홈런이라니!

삼열이 더그아웃에 들어오자 선수들이 축하를 해주며 하이파이브를 했다. 가장 놀란 사람은 역시나 라이벌 로버트였다. 로버트도 삼열이 오늘 홈런을 칠 것 같다는 생각은 했지만 첫 타석에서 홈런을 칠 줄은 몰랐다.

"축하한다. 와우, 진짜 홈런을 칠 줄은 몰랐어."

"우연이야."

로버트는 뜻밖으로 삼열이 자랑하지 않자 이상하다는 표정으로 삼열을 다시 바라보았다.

삼열은 난생처음 타자로 선발 출장하면서 아직도 어리둥절한 상태였다.

잘난 체를 하려고 해도 뭔가 쌓여야 하는 법이다. 첫 출전해서 비록 홈런을 치긴 했지만 앞으로도 잘나간다는 보장이 없으니 그는 잠자코 있었다. 또 결혼해서 그의 성격이 진득해진 부분도 없지 않았다.

그래도 로버트가 옆에 앉아 있자 삼열이 슬그머니 한마디했다.

"봤지?"

"그래서 뭐?"

"그냥 그렇다고."

"잘난 체하기는. 두고 봐, 나도 치고 말 테니."

삼열은 분해 하는 로버트를 보고 미소를 지었다. 자신의 입으로 훈련 라이벌을 포기한다고 공식 선언했음에도 그는 아직도 은근히 삼열이 안타를 치거나 홈런을 치면 경쟁의식을 내비치곤 했다. 삼열은 그것이 재미있어 매번 약을 올렸다.

원더풀 스카이의 찰리신은 컵스의 공격이 시작되자 삼열이 1번 타자로 나오는 것을 보며 자니 메카인에게 말했다.

—메카인 씨, 삼열 강이 1번 타자로 나온 이유가 무엇인가요?

—아마도 생각보다 삼열 강이 투수로 재기하기가 쉽지 않은 것 같습니다. 컵스의 의료진과 코치진으로부터 나온 소식을 종합해 보면 올해 내에는 힘들 것이라는 전망이 많습니다. 그러니 컵스로서는 여러 면으로 고민이 많았을 것입니다. 왜냐하면 삼열 강 선수의 인기를 생각하면 그를 마이너리그에 있도록 마냥 내버려 둘 수만은 없거든요. 그런데 삼열 선수가 타격에 재능이 있으니 아마도 임시방편으로 내보낸 것 같습니다.

　—아, 그렇군요. 삼열 강 선수가 타석에 섰습니다. 고개를 수그리고 뭐라고 중얼거리네요. 오바니 바르가 투수, 공을 던졌습니다.

　삼열이 초구를 노리고 홈런을 치고 나가는 모습을 보며 찰리신이 큰 소리로 부르짖었다.

　—홈오오오런입니다. 홈런! 굉장하네요. 나오자마자 홈런입니다. 관중들 환호합니다.

　—네, 의외의 상황인데요. 그동안 삼열 선수는 단타 위주의 타격을 했는데 오늘은 나오자마자 노리고 쳤어요. 그게 홈런이 될 줄은 본인도 몰랐던 모양입니다. 1루 가까이 가서야 공이 펜스를 넘어간 것을 알았지 않습니까?

　—그렇습니다. 굉장하다는 이야기밖에 할 말이 없군요.

　—하하, 그런데 나오자마자 홈런을 때리니 컵스 구단으로서

는 고민이 깊어질 것 같네요. 삼열 선수는 투수로서도 굉장히 매력 있지만 타자로서도 마찬가지거든요. 존리 말코비치, 로버트 메트릭에 이어 헨리 아더스, 레리 핀처로 이어지는 타력은 굉장하죠. 작년에 컵스가 중부지구 2위를 할 수 있었던 데에는 벅 쇼라는 걸출한 신인 투수의 등장도 큰 역할을 했지만 사실 타격의 상승이 무엇보다 컸습니다. 거기에 삼열 선수가 가세한다면 막강 타선이 되겠지요. 저 정도의 장타력을 가진 1번 타자는 메이저리그에도 별로 없습니다. 제가 감독이라 해도 고민이 되겠어요.

─투수였다가 타자로 전향한 선수들도 메이저리그에 꽤 있지 않습니까?

─예, 그렇습니다. 하지만 타자였다가 투수를 한 선수들보다는 적지요. 아무래도 투수의 수급 상태는 항상 딸리니까요. 선수들도 투타에 똑같이 재능이 있다면 상대적으로 경쟁이 덜 치열한 투수를 하려고 할 것입니다. 사실 투수는 한 팀에 선발만 하더라도 최소 다섯 명은 있어야 하고 중간계투까지 생각하면 항상 열 명 이상은 확보되어 있어야 합니다. 그러나 타자들은 주전 선수를 제외하고, 포수 외에는 후보 선수를 딱히 정해놓지 않지요. 만약을 위해서 멀티 수비가 가능한 선수를 몇 명 후보로 올려놓으면 되니까요.

─삼열 강 선수도 앞으로 고민이 될지 모르겠네요. 아, 오늘

도 삼열 강 선수의 부인과 아기가 나와서 경기를 지켜보고 있군요. 무척이나 기뻐합니다.

—하하, 그렇군요.

찰리신과 메카인이 말했듯이 전광판에 줄리아를 품에 안은 마리아가 환하게 웃는 모습이 잡혔다.


그사이에 2번 타자 스트롱 케인이 나왔다. 항상 타율이 0.3을 넘었던 그는 작년에 0.278로 부진하였다. 그래서 그는 올 스토브리그에서 매우 많은 연습을 했다.

오바니 바르가는 의외의 홈런을 맞자 순간적으로 당황했었다. 하지만 그는 호흡을 크게 내쉬며 가까스로 정신을 차렸다. 역시 5년 연속 10승 이상을 거둔 투수다웠다. 예전에는 한 경기에서 가끔 대량 실점을 하곤 했던 그도 이제는 완급 조절에 능숙해지면서 연타를 맞지 않고 있었다.

오바니 바르가는 이를 악물었다. 다른 누구에게 맞은 것도 아니고 같은 투수 출신의 타자에게 맞은 것이 속이 더 쓰렸다. 하지만 그렇다고 거기에 매달려 있을 수만은 없다.

올해가 끝나면 FA 자격을 획득하는 그로서는 정말 중요한 기로에 서 있는 상태였다. 2007년에 메이저리그에 올라왔지만 중간에 부상으로 인해 자격을 내년에야 가지게 된 오바니 바르가였다. 그는 이를 악물고 반드시 승리 투수가 되겠다고 결심했다.

오바니 바르가 투수는 포수의 사인을 보고 고개를 끄덕이고 공을 던졌다. 공이 타자의 바로 앞에서 밑으로 뚝 내려앉았다. 스트롱 케인은 브레이킹 공에 헛스윙했다. 굉장히 낙차가 큰 볼이었다. 요즘 자주 던지는 싱커였다.

싱커는 패스트볼의 일종이다. 투심이 좌우의 변화가 큰 반면 싱커는 밑으로 뚝 떨어지는 공이다. 따라서 헛스윙이 많고 쳐봐야 내야 땅볼이 된다.

타자가 공의 윗면을 때리면 내야 땅볼이 되고 아랫면을 치면 플라이볼이 된다. 따라서 싱커는 밑으로 가라앉는 공이기에 공의 윗면을 칠 가능성이 높아 주로 땅볼이 많다.

스트롱 케인은 잠시 타석을 벗어나 호흡을 한 번 하고 타석에 섰다. 다시 공이 날아왔다. 이번에도 배트를 빠르게 휘둘렀다. 공이 옆으로 흘렀다. 슬라이더였다. 공은 그대로 포수의 미트에 박혔다.

펑.

"스트라이크."

스트롱 케인은 혀로 입을 축였다. 투 스트라이크이니 유인구나 볼이 올 가능성이 높았다. 투 스트라이크 후라 타자가 바싹 노리고 있기 때문이다.

포수 조나단 울프가 공을 한 개 빼자는 사인을 보냈다. 오바니 바르가는 고개를 끄덕이고 낮은 직구를 던졌다. 공이 바깥으로 낮게 들어갔다.

딱.

스트롱 케인은 바깥쪽으로 빠지는 낮은 직구를 노려서 쳤다. 2루수의 키를 넘어가는 안타였다. 스트롱 케인이 번개처럼 달려가 1루에 도착했다.

오바니 바르가는 이를 악물었다. 컵스가 달라졌다. 작년만 해도 이런 분위기가 아니었다. 뭔가 잘못되고 있는 것 같았다. 그는 더욱 신중하게 공을 던질 생각을 했다.

3번 타자로 레리 핀처가 나왔다. 그는 작년에 나름 선전했다. 아마도 그는 올해나 내년쯤이면 은퇴를 발표할지도 모른다. 올해 38세가 되는 그는 공공연하게 컵스가 우승할 때 함께하고 싶다고 말하고 다녔다. 그래서 그는 작년에 어떤 면에서는 굴욕적인 연봉에 사인하고 말았다.

올해 그의 연봉은 650만 달러. 작년보다는 조금 늘었지만 활약에 비추어 헐값이나 마찬가지인 금액이었다. 나이도 있고 구단에 미안한 마음도 있어 흔쾌히 구단이 내미는 조건을 수락했다.

과거의 그는 컵스에서 다년 계약으로 많은 연봉을 받았지만 제 값을 해주지 못했었다. 물론 나름의 활약을 하였지만 꼭 승패와 관련이 없을 때 홈런이나 안타가 터지곤 해서 구단에 미안했다.

나이를 먹고 보니 컵스가 우승할 때 함께해서 챔피언 반지를 꼭 가지고 싶어졌다. 그것은 많은 연봉보다 더 가치가 있는 것이니까.

팀이 하루가 다르게 무섭게 변하고 있는 모습에 그도 우승에 대한 희망을 가지게 된 것이다. 하지만 문제가 있었다. 바로 나이였다.

레리 핀처는 하늘을 보고 마운드에 서 있는 오바니 바르가 투수를 바라보았다. 이제 날개를 펼치려고 하는 컵스에 보탬이 되고 싶었다.

'진루타라도 치겠어.'

레리 핀처는 욕심을 버리고 팀 배팅을 하기로 마음먹었다.

오바니 바르가는 혼란스러웠다. 오늘은 원하는 대로 공이 들어가지 않고 있었다.

낮게 던진 공이 안타를 맞으면 위축되기가 쉽다. 던질 공이 없어지기 때문이다. 낮은 공은 안타를 맞아도 단타가 될 확률이 높지만 메이저리그에서는 그것도 안심하기는 힘들다. 어퍼 스윙으로 낮은 공을 홈런으로 연결시키는 타자가 적지 않기 때문이다.

조나단 울프 포수는 그런 오바니 바르가의 마음을 읽었다. 곤란했다. 선발투수가 첫 타석에서 초구에 홈런을 맞고 위축

되어 버린 것이다. 투수가 홈런을 맞으면 심적 동요가 매우 크다. 점수를 주었다는 것보다는 자신의 구위가 좋지 않다는 '불신'이 마음에 심어지기 때문이다.

조나단 울프는 낮은 슬라이더를 요구했다. 오바니 바르가가 공을 낮게 던졌다. 하지만 너무 제구를 의식하다 보니 공이 밋밋하게 들어갔다.

따악.

공이 바람을 가르며 날아가다가 2루수 앞에 떨어졌다. 리키 윅스가 재빨리 움직여 바운드된 공을 잡았다. 그는 긴 레게 머리를 휘날리며 1루로 던졌다.

이미 2루는 늦었다. 유격수가 바로 2루로 백업했지만 이미 1루 주자는 2루에 거의 도달한 상태였다. 1루에서 레리 핀처는 아웃을 당하면서도 환하게 웃었다. 그리고 속으로 중얼거렸다.

'자, 이제 존리 네 차례야!'

시카고 컵스의 4번 타자는 신인 존리 말코비치의 차지가 되었다. 베이브 루스의 카리스마를 가진 그는 쳤다 하면 홈런이었다. 작년에는 146경기에 나와서 46개의 홈런을 때렸다. 비록 내셔널 리그 홈런왕은 되지 못했지만 그의 타격은 놀라웠다.

존리는 타석으로 걸어 나왔다. 그가 서자 타석이 꽉 찬 느낌이 들었다.

어디로 던져도 맞을 것 같은 공포가 오바니 바르가 투수의 머릿속을 파고들었다. 오바니 바르가는 작년에도 이미 존리에게 두 개의 홈런을 맞은 바가 있었기 때문에 그러한 공포는 더 컸다.

조나단 울프 포수가 1루를 채우자는 사인을 투수에게 보내왔다. 오바니 바르가는 수치스러웠지만 어쩔 수 없었다. 아무래도 존리보다는 5번 타자 헨리 아더스를 상대하는 것이 수월했다.

'젠장.'

그는 스트라이크 존에서 공 두 개나 빠지는 유인구를 던졌다. 존리는 배트를 휘두르려다가 멈추었다.

펑.

"볼."

역시나 볼이었다. 존리는 상대 투수가 자신과의 승부를 피한다는 것을 눈치챘다. 1루가 비어 있는데 굳이 4번 타자와 승부할 생각이 없는 듯했다. 그는 피식 웃었다.

'헨리를 우습게 생각하는군.'

헨리 아더스는 비록 홈런 타자는 아니지만, 그렇다고 장타력이 딸리는 타자도 아니었다. 그의 장타율은 0.484나 된다.

존리의 웃음을 오바니 바르가는 비웃음으로 받아들였다.

왜냐하면 그가 도망가는 피칭을 하자마자 피식 웃었기 때문이다.

'젠장, 네가 무서워서 도망가는 게 아니란 말이다.'

그는 힘껏 공을 던졌다. 제구력이 좋은 그는 얼마든지 존리와 승부할 수 있다고 생각했다. 다만 첫 번째 공을 던지자마자 삼열에게 홈런을 맞아서 당황했을 뿐이다. 공이 날카롭게 날아와 타자 앞에서 휘어져 들어갔다. 존리는 배트를 휘둘렀다. 하지만 바람 소리만이 그를 맞이했다.

펑.

"스트라이크."

존리는 타석을 벗어나 고개를 좌우로 흔들고 장갑을 다시 꽉 조이며 타석에 들어섰다. 투수가 자신과 승부한다고 느껴졌다. 비록 조금 전의 공은 스트라이크 존을 조금 벗어나는 것이었지만 피하지 않는다는 느낌을 받았다.

'그러면 나야 좋지.'

그는 피식 웃으며 다시 타석에서 배트를 좌우로 한 번 흔들었다. 공이 가운데로 날아왔다. 존리는 입을 꽉 다물고 공을 힘껏 노려보며 배트를 휘둘렀다.

딱.

공이 맞는 순간 넘어가는 소리가 들릴 정도로 큰 타구였다. 공은 펜스를 넘기며 관중석의 상단으로 날아갔다.

홈런이었다.

관중이 함성을 지르며 존리를 연호했다. 존리는 거만한 표정으로 관중을 향해 손을 흔들며 뛰었다.

오바니 바르가 투수는 망연자실하게 서 있었고 조나단 울프 포수는 왜 무모하게 승부했느냐는 눈빛으로 오바니 바르가를 바라보았다.

3. 홈런 타자

이제 컵스는 예전의 무기력한 팀이 아니다.

불과 2년 만에 투지가 넘치는 팀이 되었다. 그리고 실력도 갖추었다. 컵스의 다이너마이트 타선은 언제든 안타와 홈런을 때릴 수 있다.

컵스는 개막전에서 자신의 진가를 보여주고 있었다. 1회가 끝나지 않았는데 브루어스를 상대로 벌써 3점이나 뽑았다. 그것도 작년에 15승을 한 오바니 바르가 투수를 상대로 말이다.

"파워 업!"

"나나나나 파워 업!"

리글리 필드는 뜨거운 열기로 달아올랐다. 오바니 바르가는 심호흡하며 다시 마운드에 서서 타자를 바라보았다.

5번 타자 헨리 아더스가 나왔다. 큰 키에 곱상한 외모를 보면 사람들은 그가 장타력을 가진 타자라고 생각하지 못한다. 하지만 그는 홈런만 적을 뿐 2루타와 3루타는 내셔널 리그 2위다.

헨리는 타석에 서서 흔들리는 상대 투수를 바라보았다.

4년 연속 10승을 거두었고 재작년에는 17승을, 작년에는 15승을 한 그는 오늘 경기에서 특유의 날카로운 제구력이 무너졌고 또한 투구의 완급 조절에도 실패하고 있었다.

헨리는 날아오는 직구를 힘껏 노려 쳤다. 하지만 공은 3루 쪽 파울 라인을 살짝 벗어나 떨어졌다.

제2구는 낙차가 큰 싱커였다. 공이 타자 앞에서 날카롭게 가라앉았다. 헨리는 헛스윙할 수밖에 없었다.

'까다롭네.'

주자가 누상에 없어서인지 헨리의 스윙은 커졌다. 1회에만 홈런이 두 개 나왔으니 욕심이 생긴 것이다. 오바니 바르가는 다시 집중하여 신중하게 공을 던졌다.

딱.

공이 외야로 뻗어나갔다. 좌익수 라이언 스위천이 거의 펜스 끝 담쟁이덩굴 사이에서 공을 잡아냈다. 3루 쪽에서 박수가 터져 나왔다. 역시 2011년 내셔널리그 최우수선수상을 수상한 노련한 외야수다운 수비였다.

오바니 바르가는 안도의 한숨을 쉬며 타석을 노려보았다. 타석에는 그라운드의 천재인 로버트가 들어섰다. 그는 긴 팔이 앞으로 튀어나와 구부정한 타격폼이 되었지만 완벽한 자세였다.

옆으로 휜 O 자 다리가 더욱 우습게 보였지만 그의 천재적인 야구 재능을 가리지는 못하였다.

그는 '2루의 거미줄'이라는 닉네임으로 더 유명했는데 2루 근처로 지나가는 공은 모두 잡아내서 붙여진 별명이다. 천재적인 재능에 무지막지한 연습이 더해져 메이저리그 최고의 2루수가 될 것이라는 말이 벌써부터 나오고 있었다.

오바니 바르가 투수는 정신이 없었다. 1번부터 6번까지 마음을 놓을 타자가 한 명도 없었던 것이다.

로버트는 존리가 등장하기 전까지는 컵스에서 레리 핀처를 제외하고 가장 장타력이 좋았고 홈런도 많았다. 하지만 존리 말코비치가 등장하면서 장타에서 한 수 밀렸다.

삼열에게 라이벌 의식이 있었지만 요즘은 같은 타자인 존리에게 더 경쟁심을 불태우고 있었다.

로버트는 배트를 움켜쥐고 상대 투수를 노려보았다. 오바니 바르가의 검은 턱수염이 꿈틀거리자마자 공이 날아왔다.

펑.

"스트라이크."

외곽을 찌르는 93마일의 공이 날카롭게 미트에 꽂혔다. 1회 초의 혼란을 어느 정도 수습했는지 오바니 바르가가 던지는 공의 위력이 점점 나아지고 있었다.

로버트는 거듭 배트를 휘둘렀지만 오바니 바르가의 노련한 완급 조절에 결국 삼진을 당하고 말았다. 투심과 슬라이더에 거푸 배트가 나가 아웃된 것이다.

삼열은 느긋하게 구경을 하고 있다가 공수가 교체되자 벤치에서 일어나 천천히 그라운드로 걸어나갔다. 적당히 외야에 자리를 잡으니 관중석에서 하는 온갖 이야기들이 바람결에 들려왔다.

"모처럼 화끈한데?"

"삼열이가 홈런을 칠 줄은 몰랐어. 그리고 좌타자야. 소문이 맞나 봐! 좌투수로 전향한다는 말이 있었는데."

"그 정도로 오른쪽 어깨가 망가진 건가?"

"교통사고를 크게 당했다고 하잖아."

"하긴."

"아, 아빠. 나 콜라 먹고 싶어요."

"난 팝콘."

"나는 핫도그 먹고 싶어, 아빠."

삼열은 바람이 전해준 관중들의 말을 들으며 나른한 표정으로 서 있었다. 비트만이 잘 던지고 있었기에 밀워키 브루어스의 선수들은 좀처럼 안타를 치지 못하고 있었다.

밀워키 브루어스는 2011년 팀 처음으로 최고승인 96승을 달성하면서 중부 지구 1위를 했지만 월드 시리즈에 출전하지 못하면서 어려움을 겪고 있다.

비트만은 밀워키 브루어스의 타자를 삼진과 내야 땅볼, 그리고 3루 땅볼로 범타 처리했다. 확실히 그는 작년부터 실력이 급상승해서 타자들을 쉽게 처리하곤 했다.

삼열은 외야 수비를 하면서 지루함을 느꼈다. 수비하는 동안 내내 긴장하고 있어야 하지만 외야로 공이 오는 경우는 별로 없었다.

삼열은 더그아웃에서 옆자리에 있는 존리를 바라보았다. 그는 작년에 내셔널 리그 신인상을 받았다. 만약 컵스가 월드 시리즈 우승을 했다면 MVP도 받았을지 모른다. 그렇다면 그도 신인상과 MVP를 동시에 받은 프레드 린과 스즈키 이치로의 뒤를 이었을 것이다.

그는 마치 약물 시대의 선수 같았다. 울룩불룩한 근육은 물론 지치지 않는 체력을 모두 갖춘 괴물이었다.

마크 맥과이어, 게리 셰필드, 제이슨 지암비, 그리고 배리 본

즈는 스테로이드를 복용하였다. 이외에도 약물을 복용한 타자들은 많았다. 이 스테로이드를 복용하면 지치지 않는 슈퍼맨이 된다. 힘이 없어 골골거리는 노인도 스테로이드 계열의 약을 복용하면 벌떡 일어나 걸어 다닐 수 있다. 문제는 부작용도 만만찮다는 것이다.

삼열은 마치 헬스로 다져진 듯한 근육들을 보며 입을 쩝쩝거렸다.

"뭐가 불만이야?"

존리가 불쾌한 표정으로 삼열을 바라보았다.

"아니."

삼열은 고개를 좌우로 흔들었다. 존리는 피식 웃었다. 그는 성격 자체가 직선적이고 거만하다. 그 누구도 자신의 이름 위에 올려놓지 않는다.

다시 컵스의 공격이 시작됐다. 스티브 칼스버그가 7구 끝에 내야 땅볼로 물러나면서 아웃을 당했다. 8번 타자로 이안 스튜어트가 나왔다. 그는 3번 타자였다가 부진으로 타순이 뒤로 밀렸다.

하지만 그의 정교한 타격은 언제든 안타를 칠 수 있는 메커니즘을 가지고 있다. 일종의 후위 타선의 지뢰라 할 수 있다. 그는 오바니 바르가 투수와 6구 끝에 히트 바이 어 피치드 볼로 1루에 진루하였다.

9번 타자는 투수인 비트만이었다. 그는 타율은 나쁜 편은 아니지만 3 : 0으로 앞서가자 편안하게 타격에 임했다. 그는 배트를 연신 휘둘렀지만 맥없이 삼진을 당하고 물러났다.

삼열은 투 아웃에 주자 1루 상황에서 타석으로 나왔다. 그리고 하늘을 바라보았다.

아직 어둠이 밀려오지 않은 리글리 필드의 서쪽 하늘에서 태양이 빛나고 있었다. 그가 타석에 서자 오바니 바르가 투수는 뜸을 들이고 공을 쉽게 던지지 못했다.

투수는 그날 홈런을 맞게 되면 알게 모르게 주눅이 들게 된다. 특히 홈런을 맞은 타자에게는 더욱 그러하다.

삼열은 공이 날아왔지만 그대로 있었다. 스트라이크 존에서 조금 벗어난 곳으로 공이 휘어져 들어왔다.

삼열은 더그아웃에서 오바니 바르가의 공을 분석하면서 그가 스트라이크 존을 꽉 채우지 않고 유인구를 많이 던지는 것을 알아챘다. 언뜻 보면 스트라이크 같지만 타자의 앞에서 심하게 변하는 공을 던져 타자를 유인했던 것이다.

이런 공에 속아 배트를 휘두르면 투수의 입장에서는 꽃놀이패를 잡은 것이나 마찬가지가 된다.

볼을 던져도 친절하게 배트를 휘둘러 주니 대부분 헛스윙이고 배트에 맞는다고 하더라도 빗맞는 공이 되어 안타가 될 확률은 지극히 낮기 때문이다.

투수가 가장 좋아하는 선수는 볼에 배트를 휘둘러 주는 타자다.

'초구가 볼이었으니 이번에 스트라이크를 던질 확률은 반반이다.'

삼열은 심호흡하며 다시 타석에 섰다. 오바니 바르가가 와인드업을 하고 공을 던졌다. 삼열은 배트를 짧게 잡고 공을 바라보았다.

"볼."

간발의 차이로 볼이 되자 오바니 바르가 투수는 매우 아쉬운 표정을 지어 보였다. 스트라이크로 잡아줘도 누구도 뭐라 할 수 없는 절묘한 공이지만 주심은 볼을 선언했다.

삼열은 타석을 벗어나서 짧게 한 바퀴 돌았다. 그리고 생각했다.

'이번에는 직구다.'

1루가 비어 있는 것도 아니고 다음 타자인 스트롱 케인에게도 1회에 안타를 맞았기에 선택의 폭이 투수에게는 많지 않았다.

삼열은 짧게 잡았던 배트를 다시 정상적으로 잡았다. 심호흡을 한 번 하는데 공이 날아왔다. 바깥쪽을 걸치는 빠른 직구였다. 삼열은 그대로 배트를 힘껏 휘둘렀다.

딱.

삼열의 배트에 맞은 타구는 하늘 위로 떠서 멀리멀리 날아갔다. 왼쪽 타석에 서니 우투수의 공이 조금 더 잘 보였다.

투수를 하기 위해 손목 관절과 어깨를 강화하는 훈련을 엄청나게 한 삼열로서는 어지간한 공은 손목의 힘만으로도 안타를 칠 수가 있다. 게다가 그는 다른 사람보다 유난히 긴 팔을 가지고 있어 바깥쪽으로 빠지는 공도 어렵지 않게 칠 수 있다.

"와아!"

"홈런!"

"홈런이야! 연타석 홈런!"

관중석에서 사람들이 일어나 환호했다. 오바니 바르가는 멍하게 공이 날아간 방향을 바라보았다. 알 수 없는 극렬한 고통이 밀려왔다. 다리에 힘이 빠져 서 있기도 힘이 들었다.


컵스의 더그아웃에 있던 선수들과 베일 카르도 감독도 자리에서 벌떡 일어나 입을 벌리고 바라보고만 있었다. 삼열이 연타석 홈런을 칠 것이라고는 누구도 예상하지 못했다.

삼열은 그라운드를 돌면서 타자도 할 만하다는 생각을 했다. 공을 배트에 맞혀 펜스를 넘기는 맛이 아주 상쾌했다. 마운드에서 타자를 삼진으로 잡는 이상의 카타르시스가 있었다.

'이 맛에 홈런 타자가 되는 것이었군!'

삼열은 베이브 루스가 자신이 단타를 치려고 마음만 먹었으면 6할도 쳤을 것이라고 말했던 것이 기억났다. 홈런에는 정말 타율을 포기해도 좋을 정도로 자극적이고 짜릿한 뭔가가 있었다.

삼열은 홈베이스를 밟고 더그아웃에 들어가 선수들의 축하를 받았다. 하이파이브한 뒤 그는 주위에서 과격하게 축하하려는 낌새를 눈치챘다. 특히나 로버트의 번뜩이는 눈빛을 보고 삼열은 소리를 질렀다.

"나 아직 환자야."

"어!"

"헉!"

삼열의 등 뒤로 접근하려던 몇 명의 선수가 동작을 멈추었다. 이런 기회를 통해 그동안 잘난 체한 삼열에게 복수하려던 소심한 음모는 불발로 끝나고 말았다.

삼열은 끝없이 이어지는 관중들의 박수에 더그아웃에 나가 모자를 벗고 손을 위로 들었다.

"파워 업!"

삼열은 파워 업을 외치고는 1루 쪽으로 다가가 줄리아를 보고 손을 흔들었다. 줄리아는 무슨 일이 일어났는지 모르는 듯 눈을 동그랗게 뜨고 삼열을 바라보았다. 마리아가 미소를 지으며 마주 손을 흔들었다.


삼열의 연타석 홈런에 고무된 찰리신 아나운서가 놀라 부르짖었다.

―또 홈런입니다! 홈런!

―네, 굉장한 홈런입니다. 누가 삼열 선수가 타자로 나와 연타석 홈런을 칠 것이라고 보았겠습니까? 대단합니다.

―하하, 굉장하군요. 오늘은 컵스의 날이에요. 벌써 5 : 0이 되었군요. 5득점 중 삼열 선수가 얻은 점수가 3점이에요. 메카인 씨, 어떻게 보십니까?

―한마디로 판타스틱합니다. 이보다 더 좋을 수 없을 정도로 아주 확실한 홈런입니다. 하하, 이러다가 삼열 선수가 홈런 타자가 되는 것은 아닌지 모르겠습니다. 아직 한 경기도 안 끝난 상태라 뭐라고 말씀드리기 곤란하지만 정말 오늘만 놓고 본다면 매우 그레이트합니다.

―삼열 선수, 1회에도 말씀을 드렸는데 좌타자로 나왔어요. 이것에 대해서 다시 자세히 설명해 주시죠.

―아, 네. 삼열 선수의 오른손은 재활 훈련이 끝나긴 했지만 예전의 그 손이 아닐 확률이 높습니다. 아직 뚜렷하게 나온 결론은 없지만 말이죠. 그런데 구단 관계자의 말에 의하면 삼열 선수가 왼손으로 투구하기 시작했다고 합니다. 즉, 심각

한 부상에서 회복한 오른손을 가지고 재활하기보다는 왼손을 선택했는데, 이것이 오른손의 부상이 그만큼 치명적이었다는 말인지 아니면 재활 훈련할 시간에 왼손으로 공을 던지는 것이 낫다고 생각을 한 것인지는 모르겠습니다. 아마 둘 중의 하나겠지요. 아무튼, 이 홈런 두 방으로 삼열 선수의 앞날이 정말 예측 불가능해졌습니다.

—삼열 선수는 이제 메이저리그에서 아홉 개의 홈런을 기록한 투수가 되었군요.

—하하, 그렇습니다. 요즘 같으면 컵스는 행복한 불평을 터뜨려야 하겠는데요. 삼열 선수가 예전에 1번 타자로 나왔을 때는 빅토르 영을 2번 타자로 보냈죠. 그런데 이번에 그를 완전히 엔트리에서 뺐다는 것은 그만큼 선수층이 두터워졌다는 것이죠. 실제로 존리와 헨리의 등장은 컵스의 분위기를 살리고 있습니다.

—그나저나 삼열 선수, 부인과 사이가 너무나 좋아 보이네요.

—하하, 저라도 그럴 것 같군요.

—맞습니다. 남자들이 좋아하는 청초한 미인이네요.

—하하, 그런데 여자 이야기를 많이 하면 여성 시청자가 싫어할 것 같군요.

—아, 네. 죄송합니다. 다음 타자로 스트롱 케인이 타석에

섰습니다.

스트롱 케인은 동요하는 오바니 바르가를 상대로 초구에
안타를 치고 1루에 나갔다. 레리 핀처가 다시 안타를 치고 나
가 투 아웃에 1, 2루에 주자를 둔 상황에서 존리가 들어섰다.
오바니 바르가는 침을 꼴깍 삼켰다. 아까 2점 홈런을 맞은
상대였기 때문이다. 여기서 오늘 또 홈런을 맞을 수는 없었
다. 오바니 바르가가 이를 악물고 공을 던졌다.
딱.
공이 높이 뜨자 중견수 코리 하트가 뒤로 두 걸음 물러나
가볍게 공을 잡아냈다.
공수가 교체되자 삼열은 다시 글러브를 들고 우익수 자리
로 들어갔다. 그는 그라운드의 푸른 잔디를 밟으며 삼열은 생
각에 잠겼다.
'도대체 왜? 어떻게 홈런을 두 개나 때릴 수 있었을까? 정말
로 내게 타자로서의 천재적인 재능이 있는 것일까?'
떠오르는 여러 가지 생각을 가까스로 뒤로 밀어놓고 삼열
은 비트만 투수가 공을 던지는 것을 지켜보았다. 그때였다.
딱.
7번 타자 조나단 울프가 때린 공이 삼열의 앞으로 날아왔
다. 삼열은 앞으로 갔다가 다시 뒤로 물러나 가까스로 공을

잡았다. 그 모습이 웃겼는지 관중석에서 웃음이 터져 나왔다.

삼열은 얼굴을 붉히며 씨익 웃었다.

어떤 의미에서 메이저리거는 아주 돈을 많이 받는 희극 배우라고 할 수 있다. 관객을 실력으로 웃게 하는 것이 최선의 서비스이지만 이런 몸개그를 통해서라도 기분 좋게 할 수 있다면 괜찮다.

삼열은 예전부터 야구 선수는 관중과 팬을 즐겁게 해야 한다는 생각하고 있었다. 그러기에 관중들이 비싼 입장료를 내고 들어오는 것 아닌가.

'아참, 이참에 내 타이틀 노래를 지정해야겠어.'

홈경기일 경우 타자는 타석에 설 때 틀어주는 짧은 노래를 지정할 수 있다. 무엇으로 할까 생각하면서 삼열은 비트만이 던지는 모습을 지켜보았다.

그를 보니 갑자기 마운드에 서고 싶어졌다. 그러자 오른쪽 어깨가 자꾸 가려웠다. 비트만이 공을 던질 때면 삼열의 어깨는 자신도 모르게 위로 향하곤 했다.

'난 투수야. 위대한 투수가 될 거야.'

이 순간 삼열은 타자도 좋지만 투수가 자신의 본업이라는 것을 깨달았다.

마운드에 서야 더 흥분되고 가슴이 뛴다. 투수가 될 수 없는 상황이라면, 타자로 선수 생활을 하겠지만 아직은 희망이 없지는 않다. 지금도 왼손으로 꾸준히 연습하고 있으니까.

삼열은 공을 던질수록 구속이 아주 미세하게나마 좋아지는 것을 느꼈다.

지금은 직구밖에 던지지 못하지만 조급하게 생각하지 않았다. 이미 한 번 왔던 길이다. 왼손으로 던지는 것에 익숙해지기만 하면 다른 구질의 공을 던지는 것은 이전보다 더 빠르게 익힐 자신이 있었다.

삼열이 딴생각을 하고 있는 것을 알아차렸는지 베일 카르도 감독은 4회에 그의 타순이 돌아오자 그를 빼고 빅토르 영을 올렸다.

수비가 불안하단 이유도 있지만, 아직 완전하게 회복하지 못한 그를 배려해 준 것이기도 했다.

삼열이 더그아웃에서 물러나 라커룸으로 내려오려는데 컵스의 팬들이 일어서서 그에게 박수를 쳐줬다. 삼열은 감사하다는 인사를 하고 라커룸으로 물러났다.

삼열은 타자로서 출전한 미묘한 기분을 만끽하며 가방에서 공을 꺼내 천천히 투구 동작을 했다. 오늘 두 개의 홈런을 때렸지만 자신의 자리가 어디인지 새삼 깨달았다.

'난 마운드에 있을 때 가장 행복해.'

홈런을 때렸을 때의 쾌감도 좋지만 마운드에서 타자를 요리하는 것이 더 행복했다.

삼열은 이를 악물며 이전보다 더 열심히 연습할 결심을 했다.

그는 라커룸의 TV를 통해 들려오는 경기 소리도 무시한 채 투구 연습을 했다. 동작 하나를 마치면 땀이 날 정도로 아주 천천히 하면서 허리와 어깨의 힘, 그리고 몸의 밸런스를 섬세하게 맞췄다.

"난 투수다!"

삼열은 나직하게 중얼거리며 투구 연습을 했다. 어느덧 TV에서는 9회 초의 밀워키 브루어스의 공격이 시작되고 있었다. 삼열은 투구 연습을 멈추고 TV를 보았다.

7 : 2.

비트만이 7회까지 1실점을 하며 호투했다. 삼열은 컵스의 완승으로 끝나는 경기를 바라보았다.

컵스는 달라졌다. 강력한 타선과 안정적인 투수진이 지구 우승에 대한 희망을 품게 했다. 올해 컵스에 기대하는 팬들의 미소를 생각했다.

팬들이 열망하는 월드 시리즈 우승을 향해 나갈 수 있는 한 해가 될 것이 분명했다. 삼열은 9회 수비를 완벽하게 막아 내고 환호하는 중간계투인 에밀리를 보았다.

삼열은 짐을 챙기며 생각했다.

이전에 경기에 나가 승리를 하면 그것은 자신의 승리였다. 경기에서 승리 투수로 기록된다. 하지만 오늘은 그렇지 않았다. 모두의 승리였다.

이전에도 승리 투수가 되는 것은 다른 선수들의 도움 없이는 불가능하였다. 하지만 투수는 타자보다 승패에 더 밀접한 관계에 있다.

그런 생각을 하자 소외감이 밀려왔다. 그것은 중요 인물에서 주변인으로 전락했을 때 받는 느낌이었다. 그런 생각이 지나가자 아이러니하게도 이전과는 다르게 다른 선수들과 묘한 일체감이 느끼기 시작했다.

이제야 진정한 의미에서 팀원이 되었다는 생각이 들었다.

삼열은 멍하니 TV를 바라보며 생각에 잠겼다.

\*             \*             \*

컵스의 승리로 경기가 끝나자 선수들이 하나둘 라커룸으로 움직이기 시작했다. 선수들의 발걸음 소리와 승리로 인해 들뜬 경쾌한 말소리가 멀리서부터 들려왔다. 문이 열리자 여러 명의 선수가 한꺼번에 라커룸에 들어왔다.

"삼열, 우리가 승리했어."

"어, 나도 알아."

"그런데 너는 왜 기뻐하지 않아?"

"기뻐. 하지만 나는 오늘 타자로 처음 나가서 약간 어색해서."

예전 보스턴 레드삭스전에 타자로 출전하기는 했지만 그때는 복수심에 불타있을 때였다. 하지만 지금은 등 떠밀려 출전해서 그런지 사뭇 어색했다.

경기 중간에 비트만 투수가 공을 던질 때마다 오른손이 따라 올라갔었다. 그가 스트라이크를 던질 때는 마치 자신이 던진 것처럼 짜릿했다. 홈런을 쳤을 때의 짜릿함도 컸지만 투수로서 타자를 상대하는 것이 더 자신에게 맞았다.

'뭐, 올해는 별수 없이 이렇게 타자를 하면서 시간을 보내야겠지.'

구단이 결정하면 선수는 거부하기 힘들다. 아직 FA 권리를 획득하지 못한 신인들은 뛰어난 성적을 거두어도 상대적으로 약자다.

선수가 자신의 목소리를 내기 시작하는 것은 연봉 조정 신청권을 얻게 되는 해부터다.

삼열의 경우는 내년부터 연봉 조정 신청 권리를 획득하게 된다. 메이저리그에서 풀타임으로 3년 이상을 뛰어야 하며, 전해에 172일 이상을 메이저리그 로스터에 들어야 한다.

올해 구단은 삼열에게 172일 이상은 특별한 일이 없으면 기꺼이 유지시켜 줄 것이다. 구단이 삼열에게 타자하라고 한 것도 연봉 조정 신청이나 FA 자격 획득에 유리하다고 생각했기 때문이다.

"헤이, 삼열! 감독님이 너에게 기자들하고 인터뷰하라는데?"

삼열은 주장인 칼스버그의 말을 듣고 고개를 끄덕였다. 어차피 그도 오늘 자신이 기자들과 인터뷰를 해야 한다는 것을 알고 있었다. 투수였다가 타자로 나섰으니 당연히 궁금함이 많을 것이기 때문이다.

삼열은 칼스버그의 말을 듣고 기자들이 모여 있는 장소로 갔다. 베일 카르도 감독과 비트만, 그리고 존리 말코비치가 오늘 인터뷰를 할 모양이었다.

─자, 그러면 오늘 인터뷰를 시작하겠습니다. 먼저 베일 카르도 감독님에게 질문하십시오.

─시카고 트리뷴의 말콤 스웨이 기자입니다. 오늘 승리를 하셨는데요, 감상 한마디 말씀해 주십시오. 그리고 삼열 강선수를 타자로 출전시킨 이유를 설명해 주시기 바랍니다.

─승리는 언제나 사람을 기분 좋게 만듭니다. 오늘 선수들은 환상적이었습니다. 선수들은 이전과 전혀 다른 경기를 해 줬습니다. 그리고 삼열 선수가 오늘 타자로 뛴 것은 뛰어난 그의 타격 실력 때문입니다. 컵스는 그를 필요로 합니다. 투수로서 탁월하였지만 타자로서도 매우 유능합니다. 오늘 친 두 개

의 홈런이 그것을 말해 주지 않습니까?

—홈런을 두 개나 친 삼열 강을 교체시킨 것은 그의 컨디션을 고려해서 그렇게 하신 것입니까?

—그렇습니다. 그의 몸은 아직 완전하지 않습니다. 승패가 결정된 경기에 더 이상 뛸 필요가 없습니다.

—그렇다면 앞으로도 삼열 강을 계속 타자로 출전시키실 생각이십니까?

—재활 훈련에 지장이 가지 않는 범위 내에서 그는 경기에 출전하게 될 것입니다. 구단은 삼열 강 선수가 무엇을 선택하든 그것을 존중할 것입니다.

기자들은 감독의 답변이 끝나자 존리 말코비치에게 질문했다. 그리고 마침내 삼열의 차례가 되었다.

—삼열 강 선수, 오늘 타자로 출전하셨는데 소감을 말씀해 주시죠.

—오랜만의 첫 출전이라 조금 긴장되기는 했습니다. 하지만 저는 투수입니다. 그러니 특별한 소감은 없습니다.

—그렇다면 앞으로 타자로서 경기에 나가는 것보다는 재활 훈련에 치중한다는 말씀이신가요?

—구단과 상의해서 결정하겠지만 아마도 그럴 것입니다.

—투수로서 몸을 만드는 데 상당한 시간이 걸릴 것으로 보이는데, 맞습니까?

—맞습니다. 저는 오른손이 아직 완전히 낫지 않은 상태입니다. 이 말은 일상생활에는 무리가 없지만 투구를 하기에는 아직 멀었다는 뜻입니다. 완전하게 회복해도 적응 훈련을 거쳐야 하고, 또 예전과 같은 공을 던질 수 있다고 장담할 수도 없습니다.

　—그 말은 어쩌면 타자로 계속 뛰게 될 수도 있다는 말씀인가요?

　—그렇습니다. 저는 야구를 하는 것이 즐겁습니다. 투수를 제일 하고 싶지만 타자도 괜찮습니다. 하지만 아직은 훈련에만 매달려야 할 시기입니다.

　—오늘 부인과 딸이 와서 경기를 관람했는데 앞으로도 그럴 예정입니까?

　—그것은 사적인 질문이네요. 이제 인터뷰를 끝내주셔야 아내와 딸을 만나러 갈 수 있을 것 같군요.

　삼열의 말에 주위에 있던 기자들과 사람들이 유쾌하게 웃었다.


　인터뷰가 끝나자 삼열은 마리아와 줄리아가 기다리고 있는 곳으로 갔다. 줄리아는 꾸벅꾸벅 졸다가 삼열을 보고는 벌떡 일어나 달려왔다.

　"아빠!"

"줄리, 넘어지지 않도록 조심해."

줄리아는 마리아의 주의에도 불구하고 넘어져 울었다. 아빠더러 봐달라고 더 큰 소리로 울었다. 그 모습을 보고 마리아가 고개를 설레설레 흔들었다.

삼열이 우는 딸을 안아 어르고 달래자 울던 줄리아는 금방 울음을 그쳤다.

마리아는 한숨을 내쉬며 '저 여우!' 하고 작은 목소리로 중얼거렸다.

아파서 우는 것이 아니다. 집에서 제시와 도니와 놀 때 숱하게 넘어져도 벌떡 일어나 놀던 녀석이 아빠 앞이라고 약한 척을 하는 것이다. 마리아가 볼 때 딸은 또래보다 너무나 건강했다.

집에 도착하자 강아지와 돼지가 반갑다고 꼬리를 흔들었다. 돼지 도니는 아직 그대로인데 제시는 많이 자라 이제 제법 컸다.

그레이트 피레니즈는 다 성장하면 체고가 80cm나 되고 체중도 50kg까지 나간다. 원래 피레네 산맥의 목양견이었던 개라 주인에 대한 충성심과 보호심이 높다. 이런 이유 때문에 삼열은 기꺼이 대형종인 그레이트 피레니즈의 새끼를 분양받은 것이었다.

동물들에게 줄리아는 폭군이었다.

아직 사회성이나 인지 능력이 떨어지기에 기분에 따라 행동을 하는 줄리아에게 잘못 보이면 그날은 감당하기 힘든 날이 된다. 그래서 돼지와 강아지는 줄리아에게 꼼짝을 못했다.

일단 줄리아의 힘이 무척이나 세고 그 작은 주먹으로 때리면 애기답지 않게 제법 매웠다. 게다가 줄리아가 먹이를 주기 때문에 감히 동물들은 그녀에게 덤빌 생각을 하지 못했다.

아기들이 그렇듯 기분이 좋을 때는 동물들에게 정말 잘해준다. 줄리아가 방으로 들어가자 도니와 제시가 뒤를 따라 들어갔다.

"여보, 오늘 대단했어요."

마리아가 오늘 타자로 나와 홈런 두 개를 터뜨린 삼열을 칭찬하였다. 삼열은 마리아의 칭찬에 기분이 좋아져 뺨에 키스하였다.

삼열은 샤워하고 침대에 누웠다. 눈을 감자 잠이 몰려왔다. 어릴 때 안아주셨던 부모님의 따뜻한 품이 아련한 그림자처럼 꿈속으로 다가왔다.


삼열이 눈을 떴을 때는 동이 터오는 어스름한 새벽이었다. 매력적이고 부드러운 곡선을 이룬 마리아의 몸이 달빛에 비쳐 보여 마음이 뒤숭숭해졌지만 삼열은 샤워실로 들어갔다.

샤워하고 나와 딸의 방을 보니 줄리아가 새근새근 자고 있었다. 침대 밑에는 도니와 제시가 잠들어 있었다. 인기척을 느꼈는지 깨어난 제시가 눈을 뜨고 삼열을 바라보더니 다시 잠들었다. 그레이트 피레니즈는 후각이 아주 예민한 종이다.

제시는 마치 어린 주인을 지키겠다는 듯 침대 근처에서 꼼짝도 안 했다. 삼열은 그 모습을 보고 미소를 지었다.

삼열은 새로 만든 헬스장에 가서 러닝을 시작했다. 연습실은 줄리아가 태어나면서 안전을 위해 따로 지은 건물이다. 거기에 그는 각종 운동 기구를 비치해 놓았다. 러닝을 하며 땀을 흘리자 아침에 일었던 성욕도 말끔하게 사라졌다.

욕망을 억제하지 않으면 목표를 이룰 수 없다. 훌륭한 투수가 되기로 작정했으면 남들보다 더 많은 땀을 흘려야 한다. 삼열이 살아왔던 삶의 방식은 이런 것을 제외하는 법을 몰랐다.

삼열은 인간보다 더 뛰어난 육체를 가지게 된 후에도 한 번도 훈련을 멈추지 않았다. 앞으로 나아가지 않으면 뒤로 밀리기에.

그는 땀을 흘리는 것이 행복했다.

아침을 먹고 마리아가 신문을 가지고 왔다. 마리아는 워싱턴 포스트와 시카고 트리뷴, 그리고 뉴욕 타임스를 구독해서 본다.

인터넷으로 봐도 되지만 그녀는 종이로 만든 책과 신문을 더 선호했다.

"여보, 당신에 대한 글이 세 개의 신문에 다 나왔어요."

삼열은 차를 마시며 마리아가 건넨 신문을 봤다. 줄리아가 '나도, 나도!' 하며 옆에서 보려고 하다가 마리아에게 혼났다.

워싱턴 포스트는 칼럼 형식으로 짤막하게 실었고, 시카고 트리뷴은 3면이나 할애하였다. 지역 신문의 특성상 독자들의 관심이 많은 삼열에 대한 기사를 많이 실은 것이다.

―왕의 귀환. 홈런 두 방의 타자로!

시카고 컵스의 위대한 투수 삼열 강이 마침내 그라운드로 돌아왔다. 하지만 그의 손에는 공이 아닌 배트가 들려 있었다. 그는 메이저리그 데뷔 첫해에 23승을 거두고 평균 실책점 0.98의 경이로운 성적을 거둔 후 다음 해에는 24승, 그리고 3년째 되는 해에 2승 후 교통사고를 당했다.

그의 차는 10미터 계곡 아래로 추락했고, 그는 큰 수술을 받게 되었다. 토미존 수술뿐만 아니라 어긋난 뼈를 맞추는 여섯 시간의 대수술은 성공적으로 끝났지만 그가 다시 야구를 할 수 있을 것이라고 생각하는 사람은 많지 않았다.

그런데도 컵스의 팬들은 그를 잊지 않았다. 여전히 컵스에서 가장 많이 팔리는 티셔츠는 그의 62번 저지였고 그와 관계된 기념품도 많이 팔렸다.

투수에서 타자로!

이 낯선 도전은 보기 좋게 성공했다. 얼핏 보면 무모한 도전 같았다. 하지만 그의 이 무모한 시도가 성공한 이유는 너무나 간단했다. 그는 이전에도 뛰어난 타격 실력을 갖추고 있었기 때문이다.

그가 한동안 일명 루크 애플링 놀이를 할 때는 한 타석에서 23개의 공을 커트하기도 했다. 그리고 2루타를 치고 나갔다. 이후에 그는 이런 커트를 자중하기 시작했고 다른 구단 투수들의 불평도 줄어들었다.

메이저리그의 전설적인 좌완 투수 워렌 스판은 17년 연속으로 홈런을 쳤고, 통산 35개의 홈런이 있다. 아마도 삼열 강이 투수로서만 활약한다 하더라도 워렌 스판을 언젠가 이겼을지 모른다. 왜냐하면 그는 투수로서 2년 만에 7개의 홈런을 쳤기 때문이다.

컵스의 코치는 삼열이 좌완 투수로 변모를 시도한다고 언급했다. 그가 다시 투수로 재기할 때까지 인내하기에는 그의 타격 실력이 너무나 좋다. 그것이 문제다.

컵스는 기다릴 줄 모른다. 100년을 기다린 조급증일까? 그래서 마크 프라이어와 케리 우드와 같은 뛰어난 투수를 잃었음에도 이는 바뀌지 않았다.

컵스의 팬들은 기쁜 마음으로 기다릴 수 있는데 구단이 필요 이상의 조급증을 낸다. 그래서 얻을 수 있는 것은 예전의 실패를 되풀이하는 것뿐이다.

만약 삼열 강을 타자로 만들 것이 아니라면 컵스는 더 많은 시간을 그에게 주어 최고의 투수로 돌아오도록 해야 한다.

삼열 강은 이미 스타다. 적어도 시카고 시티 안에서는 그냥 스타가 아니라 슈퍼스타다. 그러니 팬들이 그의 얼굴을 보고 싶어한다고 구단이 휘둘리면 안 된다.

컵스여! 정말 월드 시리즈에서 우승하고 싶은가? 그러면 더 기다려라.

컵스의 팜에는 유능하고 실력이 뛰어난 어린 선수들이 많다. 그들은 언제든 기회를 기다린다. 그러니 컵스가 초조해할 것이 무엇이란 말인가.

—마이크 조엘 논설위원.


신문의 다른 면에는 삼열이 홈런을 치는 사진이 크게 실려 있었다.

"어머나, 당신 너무 멋져요!"

마리아가 사진을 보고 감탄했다. 삼열이 보아도 정말 멋진 사진이었다.

다른 신문들도 투수였던 삼열이 타자로서 경기에 나온 것을 비중 있게 실었다. 한마디로 삼열이 타자로 전환한 게 충격적이었다는 것이 대부분 신문의 논조였다.

삼열은 신문을 다 본 뒤 줄리아와 잠깐 놀아주고 다시 웨이트 트레이닝실에서 연습했다. 공을 실제로 던지지 않고 끊임없이 자세를 바로잡으며 왼손으로 던지는 훈련을 했다.

익숙해지는 것은 쉽지 않았다. 오랜 시간 동안 오른손으로 생활하던 것을 왼손으로 바꾸니 모든 것이 서툴렀지만, 그렇다고 어려운 것은 아니었다.

익숙해지는 데에는 시간이 걸린다. 시간이 모든 것을 자연스럽게 만든다. 삼열은 그것을 알기에 무리하지 않았다.

삼열은 점심을 먹고 구단 연습장에 나가 왼손으로 공을 던졌다.

공이 날아가는 것이 이전과 다르게 깔끔했다. 몸의 체중이 공에 조금씩 실리는 것 같아서 기분이 좋았다. 아직 던질 수 있는 게 직구밖에는 없다. 하지만 직구에 익숙해지면 커브나 커터를 배우는 것은 조금 더 쉬워진다.

구질을 익히는 것이 힘든 이유는 공을 던지는 메커니즘, 즉 어떻게 던져야 자신의 몸에 맞는 투구법인지 모르기 때문이다. 그래서 투수는 좋은 공을 던질 수 있게 되기까지 많은 시행착오를 거쳐야 한다. 하지만 지금은 그런 실수를 반복하지 않아도 되는 노하우를 가지고 있다.

삼열은 기분이 좋았다. 왜냐하면 공이 묵직해졌기 때문이다. 공이 빠르다고 무조건 메이저리그에서 통하는 것은 아니다.

전 세계에서 야구를 최고로 잘하는 사람들이 모두 모인 곳이라 신체 반응 속도가 괴물인 사람들이 아주 많다. 그런 선수에게 빠르지만 가벼운 공은 홈런으로 곧잘 이어진다. 체중이 실리지 않는 공은 맞으면 바로 홈런이다.

삼열은 미소를 지었다. 생각보다 더 빨리 몸이 반응하고 있었다. 그것은 인간의 육체를 뛰어넘은 그의 신체 능력에 기인했다.

단순히 빨리 뛸 수 있는 것이 아니라 새로운 것을 익히는 데도 이러한 신체의 능력이 작용하는 듯했다.

삼열은 미소를 지었다.

이제 되었다. 시간이 좀 걸리더라도 다시 투수가 될 수 있다는 강한 확신이 들었다.

'그래, 가는 거야. 다들 기다려!'

삼열은 물끄러미 존리와 로버트가 배트를 휘두르는 것을 바라보았다. 벅 쇼가 그런 삼열의 어깨를 손으로 다독거렸다. 정말 기분 좋은 오후였다.


*          *          *


삼열은 밀워키 브루어스와의 2차전에는 선발로 출전하지 않았다.

브루어스의 선발투수는 존 베컴이다. 그는 작년에 브루어스에서 웨이버 공시되어 몇몇 구단이 관심을 가졌지만, 결국 트레이드는 되지 않았다.

존 베컴은 작년에 7승 5패 평균 자책점 3.71로 괜찮은 성적을 거두었지만, 사실 보이지 않는 실책이 많았다. 게다가 그는 자잘한 부상을 자주 당하는 편이라 작년에도 20경기밖에 출전하지 못했다.

삼열은 불펜의 한쪽 구석에서 컵스와 브루어스의 경기를 조금 지켜보다가 새도피칭을 시작했다. 투수코치 스태프 중 한 명인 더글라스 브루스가 그런 삼열의 모습을 보고는 고개를 절레절레 흔들고 나갔다.

'익숙해지기 위해선, 오직 연습밖에 없어!'

삼열은 이를 악물고 천천히 몸을 움직였다. 그의 관심사는 오직 투수로 복귀하는 것뿐이다. 삼열이 투수에 대한 의지를 어제 인터뷰에서 분명히 밝혀서인지 베일 카르도 감독은 그를 선발 명단에서 제외했다.

베일 카르도 감독이 그런 결정을 할 수 있었던 것은 오늘 선발 투수가 벅 쇼이기 때문이다. 비록 그는 2선발이긴 하지만 컵스 선발 투수 중 구위가 가장 좋았다.

게다가 어제 경기를 통해 나타난 타자들의 집중력도 굉장히 좋은 편이라 굳이 삼열이 나올 필요가 없었다. 그리고 결정적으로 삼열과 교체된 빅토르 영이 어제 경기에서 2안타를 몰아치면서 존재감을 드러내기도 했다.

삼열은 불펜에서 땀을 뻘뻘 흘리며 연습을 했다. 투구 동작을 극도로 느리게 하자 온몸이 비명을 지르며 삐걱거렸다. 이전보다 더 느리게 움직였던 탓이다.

투구 동작은 와인드업을 제외하면 1초 이내에 이루어진다. 그리고 그렇게 던져진 공은 0.4초 이내에 포수의 미트에 도달한다.

그런데 그동안 삼열은 1초짜리의 투구폼을 2분가량으로 늘였었다. 지금은 5분 정도까지로 늘어났다. 그러자 이전에 알지 못했던 또 다른 투구의 문제점이 나타났다. 전에는 전혀 사용하지 않았던 근육들이 사용되는 것을 알아차린 것이다.

이렇게 느리게 투구 동작을 하는 것이 항상 훈련에 유리한 것은 아니지만 빠른 동작을 느린 화면으로 보면 이전에 보지 못한 장면들을 볼 수 있게 된다.

예를 들면, 활을 쏘면 일직선으로 날아가는 것 같지만 고속 카메라로 보면 물고기가 수영하듯 허공을 유영하며 과녁으로 날아간다. 이처럼 느린 동작의 투구 훈련은 이전에 자신이 보지 못한 단점을 보게 해준다.

장점은 그게 끝이다. 물론 오랜 시간을 유지하려면 지구력이나 근력이 필요하기는 하지만 이것도 일정 수준을 넘기면 훈련의 의미가 없어진다.

반면 단점은 많다. 50번 연습할 수 있는 동작을 한 번밖에 하지 못하기 때문이다. 하지만 오늘 하나의 동작을 극한까지 늘여서 해보니 예상외로 다른 장점이 있었다.

이전의 투구 동작 중 군더더기들이 없어지고 더욱 간결한 동작이 된 것이다. 그렉 매덕스나 사이 영의 투구만큼이나 지극히 자연스런 폼이 저절로 되어버렸다.

이런 투구의 장점은 너무나 자연스러워 부상당할 위험이 그만큼 줄어든다는 점이다. 그래서 삼열은 이전에는 사용하지 않던 근육들을 집중적으로 강화하기로 결심했다. 그리고 이런 시도는 구위에 좋은 영향을 미치기 시작했다.

"후우."

삼열은 거친 호흡을 내쉬며 몸을 추슬렀다.

결국 한 시간 동안 투구 동작을 열 번밖에 하지 못했다. 효율성 하나만큼은 어이가 없을 정도로 나쁜 훈련법이다. 그런데 장점도 있다. 동작을 느리게 하다 보니 호흡도 천천히 하게 되면서 저절로 복식 호흡을 하게 된 것이다.

삼열은 한 시간을 연습하고 의자에 앉아 쉬면서 경기장을 바라보았다. 경기는 아직 0 : 0이었다.

뜻밖에 존 베컴이 선전하고 있었다. 완급 조절이 절묘한 그의 공을 컵스의 타자들이 쉽게 공략하지 못하고 있었다.

이에 반해 벅 쇼는 빠른 공과 구석구석을 찌르는 제구력을 바탕으로 쉽게 상대 타자들을 상대했다. 삼열은 5회가 넘어가자 존 베컴이 흔들리는 듯한 느낌을 받았다. 제구력이 이전과 같지 않았던 것이다. 그러나 컵스의 타자들은 그것을 눈치채지 못하고 나쁜 볼에 배트를 휘두르곤 했다.

"저런 공에 손이 나가다니. 미쳤군!"

삼열은 어이가 없어 자신도 모르게 중얼거렸다. 선수는 경기에 집중하다 보면 자신도 모르게 상대 투수에게 말려드는 것을 느끼지 못할 때가 있다. 지금 컵스의 타자들이 그랬다.

좋은 투수는 나쁜 공을 좋은 공으로 보이게끔 타자를 속인다. 어떤 투수도 모든 공을 혼신의 힘을 다해 던지진 않는다. 좋은 공과 나쁜 공을 적절하게 섞어 던지면서 나쁜 공도 좋은 공이라고 속이는 것이다.

이런 경우에는 투수에게 압도적인 그 무엇이 있으면 유리하다. 강속구 투수가 이런 면에서는 가장 좋다. 빠른 공 때문에 나쁜 공에도 타자의 손이 저절로 나오게 되기 때문이다.

0.4초 안에 투수의 공이 나쁜지 좋은지 판단할 수 없기에 타자는 일단 스트라이크 비슷하면 배트를 휘두르고 봐야 한다.

제구력 좋은 투수가 볼카운트를 유리하게 끌고 나가기만 하면 스트라이크존을 걸치고 들어오는 어지간한 유인구에 대부분의 타자들이 넘어오는 이유가 그것이다. 알면서도 당하고 몰라서도 당한다.

존 베컴 투수는 아웃 카운트를 잡는 솜씨가 아주 교묘했다. 투 스트라이크를 만들고 나서 유인구를 던지면 컵스의 타자들은 열이면 열 다 당했다.

존 베컴도 5회 들어서면서 힘이 달리기 시작한 것이 뚜렷하게 보였지만 그것을 눈치챈 선수는 없었다. 문제는 5회 말까지 존 베컴이 던진 공이 70개밖에 되지 않는다는 것이었다. 70개밖에 던지지 않았음에도 불구하고 힘이 달리는 것은 전적으로 그의 체력이 약해서다.

삼열은 게토레이를 마시며 팀의 경기를 지켜보았다. 조금 한심해 보이기는 했지만 신경을 끄고 다시 섀도 피칭을 하기 시작했다. 그때 불펜에 타격코치가 들어왔다.

"삼열, 오늘 컨디션은 어때?"

"괜찮은데요."

"그러면 6회부터 경기에 나갈 준비해. 경기를 지켜봐서 알겠지만 존 베컴은 지쳤어. 생각보다 적은 공을 던졌음에도 벌써 지친 것이 의외이긴 한데, 문제는 우리 선수들에게 있어. 너무 쉽게 승부하고 있거든. 아마도 상대 투수의 공이 만만하게 보여서인 것 같아. 후후, 될 것 같은데 실제로 배트를 휘두르면 아주 약간의 차이로 빗맞거나 헛스윙이 되곤 하지. 그러니 아직도 공략하지 못하고 있는 것이겠지. 할 수 있겠나?"

"문제없어요."

삼열은 확신이 가득한 어조로 말했다. 그렇게 대답을 하고 불펜에서 나와 더그아웃으로 갔다. 마침 공수가 교대되어 9번 타자 벅 쇼가 타석에 들어섰다.

삼열은 방어구를 장착하고 천천히 배트를 휘둘렀다. 아주 천천히. 몸의 상태를 살펴보니 아무 문제가 없었다. 아니, 오히려 최상의 컨디션이었다. 연습으로 인해 땀을 흘려서인지 몸의 기감이 아주 예민해져 있었다.

벅 쇼가 4구 만에 삼진 아웃으로 물러나고 삼열이 타석에 들어섰다. 그러자 관중석에서 환호가 터져 나왔다. 삼열은 타석에서 상대 투수를 바라보았다. 거친 호흡이 그대로 느껴지는 듯했다. 존 베컴은 긴장했는지 한껏 몸이 움츠러들어 있었다.

삼열은 타격 자세를 취하고 공이 날아오는 것을 보았다. 빠르지만 힘이 없는 공이 옆으로 빠졌다.

펑.

"볼."

존 베컴 투수는 고개를 좌우로 흔들고는 다시 포수와 사인을 맞춰보면서 공을 던졌다.

삼열에게는 어제와 마찬가지로 오늘도 공이 느리게 보였다.

삼열은 공을 그냥 지나가게 두었다.

펑.

"스트라이크."

삼열이 공을 치지 않자 존 베컴은 용기가 생겼는지 다시 빠른 공을 던졌다.

삼열은 날아오는 공을 보며 힘껏 배트를 휘둘렀다. 이번에는 배트의 중심에서 비껴 맞아서 타구가 멀리 날아가기는 했지만 방향이 틀렸다. 3루 쪽 폴대 밖으로 한참이나 나갔다.

'아직은 힘이 남아 있구나.'

삼열은 그제야 존 베컴의 공이 보기와 다르게 힘이 있음을 깨달았다. 그리고 왜 컵스의 타자들이 그렇게 쉽게 당했는지 이해가 되었다.

상대 투수는 지치지 않았다. 그렇다면 뭐란 말인가? 삼열은 이해가 되지 않았다.

'뭐지?'

삼열은 타석에 다시 서면서 상대 투수를 바라보았다. 입꼬리가 올라간 것이 뭔가 이상했다.

'속임수? 그럼 너도 당해봐라.'

삼열은 존 베컴이 던지는 공을 톡톡 끊어 치면서 좋은 공이 올 때까지 기다렸다. 그리고 마침내 배트를 꽉 쥐고 날아오는 공을 노려보았다. 이번엔 빨간 공의 실밥이 보일 정도로 느리게 날아왔다. 삼열은 힘껏 배트를 휘둘렀다. 93마일의 직구였다.

"딱!

배트에 맞는 소리가 경쾌했다. 삼열은 묵직한 울림이 손목을 통해 전해져 오는 것을 분명히 느꼈다. 삼열은 공의 방향을 바라보고는 두 손을 불끈 쥐고 천천히 1루로 뛰어갔다. 예상대로 홈런이었다.

"와아!"

"와아!"

"또 홈런이야!"

"정말 미쳤구나! 삼열이 홈런공장장으로 취직을 했어."

"파워 업!"

삼열이 1루를 돌아 2루로 가는 사이에 몇몇 관중이 기립 박수를 쳤다.

함성과 휘파람이 리글리 필드를 가득 메웠다. 로버트는 삼열이 3루를 도는 모습을 보며 환호성을 지르다가 고개를 절레절레 흔들었다.

"저 녀석을 누가 봐서 투수라는 거야. 딱 봐도 타자구만."

로버트의 불평에 옆에 있던 스튜어트도 고개를 끄덕이며 호응했다.

"맞아. 그것도 엄청난 타자!"

"너무 불공평해. 왜 저 녀석에게만 온갖 재능이 몰린 거냐고!"

존리 말코비치가 작은 소리로 불평을 터뜨리자 주위의 사람들이 모두 그를 바라보았다. 자존심 강한 그가 삼열을 칭찬할 줄은 몰랐던 것이다. 눈치 없는 로버트가 즉각 반박했다.

"그건 아니지. 저 녀석만큼 훈련을 많이 하는 놈은 없잖아!"

"……."

로버트의 말에 모두 입을 다물었다. 어쨌든 컵스가 오늘 경기에서 처음으로 앞서가기 시작했다. 이것이 중요한 것이다. 선수들은 모두 일어나 더그아웃으로 들어오는 삼열을 맞이하였다.

"오호, 역시 한 건 터뜨렸군!"

"삼열, 너 최고다."

빅토르 영이 오른손 엄지를 세우며 삼열을 칭찬했다. 현재 포지션이 겹치는 빅토르 영이 이렇게 자신을 칭찬할 줄 몰랐던 삼열은 그를 가볍게 끌어안고 등을 두드렸다. 경쟁자이지만 모두 컵스의 이름 아래 모인 팀원이었다.

"미안하다. 다음엔 네가 날려 버려!"

삼열의 말에 빅토르 영이 웃었다. 그는 말없이 삼열을 바라보았다.

라이벌이라고 말하기에는 무리가 있었다. 그는 투수고 자신은 타자이니까. 하지만 그럼에도 불구하고 삼열이 나서면 문제가 해결되곤 했다.

빅토르 영에게는 자신의 출전도 중요했지만 컵스가 이기는 것이 더 중요했다. 그는 정말 우승을 하고 싶었다. 컵스에 와서 단 한 번도 우승을 해보지 못했다. 월드 시리즈 우승은 물론 중부지구 우승도 말이다.


존 베컴은 화가 났다. 뭐 저런 녀석이 있나 싶었다. 투수 출신의 타자에게 홈런을 맞으니 더 화가 나고 얄미웠다.

한마디로 재수가 없는 놈이다. 그래서인지 흥분이 좀처럼 가라앉지 않았다.

타석에 스트롱 케인이 들어서자 존 베컴은 아직 흥분이 진정되지 않았지만 공을 던져야 했다. 괜히 머뭇거리다가 경고를 받으면 더 화가 날 것 같았기 때문이다.

'빌어먹을 놈. 똥물에 튀겨 죽일 놈.'

존 베컴은 자신의 시도가 성공한 것을 알고 얼마나 좋아했는지 모른다. 스토브리그 동안 그는 훈련이 부족했다. 어쩔 수 없었다. 겨우내 그는 아팠다. 3년 동안 사귀었던 애인이 절교를 선언하고 떠난 것이다.

게다가 스토브리그 동안 장이 안 좋아 고생을 했다. 하루에도 화장실을 여러 번 가는 날이 많았다. 자연 훈련이 제대로 될 리가 없었다.

다행스럽게도 봄이 되어 떠났던 애인이 돌아왔지만 몸은 미처 시합에 나올 정도로 준비되지 못했다. 요즘 따로 보충 체력 훈련을 하지만 쉽지 않았다. 그래서 오늘 허허실실 작전을 썼던 것이다.

'이거나 먹어라.'

존 베컴은 마치 타석에 있는 타자가 삼열이라도 되는 양 힘껏 공을 던졌다.

퍽.

타격 자세를 취하고 있던 스트롱 케인이 그 자리에 그대로 쓰러졌다. 관중석에서 비명이 터져 나왔고 놀란 의료진들이 타석에 쓰러진 스트롱 케인을 진료하기 위해 뛰쳐나갔다.

히트 바이 어 피치드볼.

전광판에는 스트롱 케인이 쓰러지는 모습이 생생히 중계되었다. 투수의 공이 스트롱 케인을 향해 빠르게 날아왔고 놀란 스트롱 케인이 피하면서 몸을 뒤틀었다. 그래서 다행스럽게 급소는 피할 수 있었다. 존 베컴의 힘이 빠진 6회였고 스트롱 케인이 빠르게 반응하여 몸을 뒤틀었기에 큰 부상은 면할 수 있을 것 같았다.

의료진의 치료가 끝나자 스트롱 케인은 천천히 일어났다.

몹시 아픈 듯 얼굴을 구겼지만 그는 투수를 노려보고는 말없이 1루로 걸어갔다.

한 번 흔들린 존 베컴은 제구가 되지 않기 시작했다.

레리 핀처의 2루타에 발이 빠른 스트롱 케인이 홈으로 들어왔다.

브루어스는 투수를 즉각 교체했다. 4번 타자 존리 말코비치는 새로 나온 카벨리안 로 투수의 3구째를 노려 홈런을 뽑아냈다. 삽시간에 점수가 4 : 0으로 벌어졌다.

승부가 너무나 갑자기 갈렸다. 그리고 한 번 시동이 걸린 컵스의 타자들이 안타를 치기 시작했다. 결국 시카고 컵스의 타자들은 6회에만 6점을 뽑아냈다. 삼열이 우익수 자리에 나가자 1루 근처의 관중들이 그의 이름을 부르며 응원가를 불렀다.

"나나나나나 파워 업!"

민망하기 그지없는 만화 노래를 변형한 응원가가 관중석에서 튀어나왔다. 삼열은 1루 관중석을 향해 손을 흔들었다. 그러자 다정한 팬들의 박수가 뒤를 따라 나왔다.

벅 쇼는 7회 초까지 무실점으로 호투하고 물러났다. 그리고 요즘 중간계투에서 두각을 보이고 있는 에밀리가 마운드에 올랐다.

8회가 되자 삼열은 다시 다른 선수로 교체되었다. 삼열은 더그아웃에서 자기 대신 들어간 존 에드워드가 가볍게 앞으로 날아온 플라이볼을 처리하는 것을 지켜보았다.

삼열을 보호하려는 구단의 의도를 읽을 수 있는 경기였다. 승부가 결정되자마자 즉각 삼열을 경기에서 빼버린 것이다.

삼열은 이런 구단의 과보호가 마음에 들었다. 어차피 자신은 타자로 승부를 볼 생각이 아니니까. 그러니 굳이 오래 경기에서 뛸 필요가 없었다. 그냥 구단의 말대로 올해 172일 동안 로스트에 이름을 올리기만 하면 된다.

그리고 보니 삼열은 2경기 3타석에서 세 개의 홈런을 얻었다. 이렇게 운이 좋을 수가 없다. 삼열은 피식하고 쓴웃음을 지었다.


원더풀 스카이 방송의 찰리신 아나운서는 벌린 입을 다물지 못했다. 오늘도 삼열이 또 홈런을 칠 줄은 몰랐던 것이다.

―이거 대단하네요. 삼열 선수 또 홈런입니다.

―그렇습니다. 아직 시즌 초반이지만 삼열 강 선수가 내셔널 리그에서 당당히 홈런 1위입니다. 게다가 더 놀라운 것은 2게임 3타수 만에 세 개의 홈런, 4타점을 올린 것입니다. 이러다가 삼열 강이 홈런 타자에 수위 타자까지 되는 것 아닌지 모르겠습니다. 더 지켜봐야 하겠지만 어쩌면 삼열 선수의 재능은 투수보다 타격에 더 뛰어난 것이 아닌지 의심스럽군요.

―그렇죠. 애매한 것은 이것이 재능 때문인지 아니면 소문 난 그의 엄청난 훈련 때문인지 헷갈리는 것인데요, 어떻게 보 십니까?

―구단의 코치진이 판단한 삼열 강 선수의 신체 능력은 아 주 뛰어납니다. 그러나 운동 감각은 그다지 좋지 않다고 합니 다. 적어도 선천적 천재는 아닌데, 끊임없는 노력으로 누구보 다 뛰어난 결과를 만들어낸다고 보는 게 자연스러울 것 같군 요.

자니 메카인 해설위원은 삼열을 거듭 칭찬했다. 메이저리그 출신인 그는 삼열이 만드는 기록들이 보통의 노력으로 불가능 하다는 것을 누구보다 잘 알고 있다. 그 역시 이 말도 안 되는 기록에 놀라기는 마찬가지였으니까.

두 번째 경기에서마저 삼열이 홈런을 치자 컵스의 팬들도 이참에 삼열이 타자로 전향해야 하는 것이 어떠냐고 구단에 의사를 타진해 올 정도였다.

*        *        *

삼열은 다음 날 아침 신문을 보고 얼굴을 찡그렸다. 온통 칭찬 일색인 글의 논조가 그가 타자로 전향해야 한다는 것이 기 때문이었다.

'잘해도 문제군!'

삼열은 묵묵히 창밖을 바라보았다. 한참을 그렇게 꿈쩍하지 않고 있자 아침을 준비하던 마리아가 살며시 다가와 그를 뒤에서 살짝 안았다. 따뜻한 체온을 느낀 삼열은 마리아의 손을 잡고 가볍게 안았다.

그렇게 한참을 그렇게 있다가 삼열은 마리아를 앞으로 돌려세운 후 천천히 스텝을 밟으며 춤을 추었다. 엉터리 춤에 마리아는 연신 웃으면서도 끝까지 같이 추어주었다. 강아지 제시가 옆에서 두 사람을 지켜보며 꼬리를 흔들었다.

"야! 야!"

뭐가 마음에 안 들었는지 줄리아가 소리를 버럭 질렀다. 그 소리에 도니와 제시의 몸이 움츠러들었다.

줄리아가 갑자기 제시를 번쩍 들었다. 삼열은 헉 하고 놀랐다. 딸이 슈퍼 파워 걸이라는 것은 알았지만 저렇게 힘이 셀 줄은 그도 미처 몰랐던 것이다.

줄리아가 제시를 머리 위로 들어 뱅글뱅글 돌렸다. 그러자 제시는 애처롭게 깨갱거렸다. 삼열이 너무 놀라 그대로 바라보고 있는데 마리아가 달려와 제시를 낚아챘다.

마리아의 입장에서는 줄리아의 행동은 명백한 동물 학대였다. 하지만 가해자가 이제 두 살짜리 아기였다. 마리아가 노려보니 줄리아는 삼열에게로 도망 와 다리를 붙잡고 머리를 빼

꼼 내밀었다.

"에휴. 딸이 너무 건강해도 탈이야, 탈!"

마리아는 줄리아가 듣지 못하게 아주 조용한 소리로 중얼거렸지만 귀가 좋은 삼열은 그 소리를 다 들었다.

삼열은 그 소리를 듣고 기분이 이상해졌다. 마리아가 이제 아줌마가 되어가고 있다는 느낌을 받았기 때문이다.

아기 엄마가 아줌마가 되는 것은 지극히 당연하지만 삼열은 못내 그것이 서운했다. 결혼 전의 청초한 그 모습 그대로 남아 있기를 원했다. 하지만 그것은 쉬운 일이 아니다. 자식을 키우면서 그런 고상한 모습을 유지할 수가 없다. 삼열은 그런 현실이 서글펐다.

'이참에 베이비시터를 고용할까? 아니, 아내가 동의할까?'

삼열은 낮 동안만이라도 아이를 돌보아주는 사람이 있으면 낫지 않을까 하는 생각에 슬며시 이야기를 꺼냈다가 마리아에게 단번에 거절당했다.

거절의 이유는 뚜렷했다. 먼저 딸을 남의 손에 맡기고 싶지 않다는 것, 그리고 집이 좁아 베이비시터를 고용하면 사생활이 침해를 받는다는 것이었다.

삼열은 마리아의 말에 고개를 끄덕이고 바로 물러났다. 예상외로 이런 부분에서 마리아가 완고하다는 것을 알고 있기 때문이다.

그것은 장모인 사라를 보아도 알 수 있었다. 그녀는 가족의 일이라면 만사를 제쳐 놓는 헌신적인 아내로 변신한다. 그것을 보고 자란 마리아가 쉽게 이런 문제에 물러날 리가 없다.

삼열은 아직도 우아하고 고상한 장모의 외모를 떠올렸다. 이대로 가다간 마리아가 사라보다 더 나이 들어 보일 수도 있을 것 같아 적어도 베이비시터는 고용해야겠다고 다시 생각했다. 그만큼 사라는 고상하고 우아했다.

'내가 돈을 못 벌어서 그런가?'

그런 것 같지는 않았다. 일단 재작년의 연봉과 사이드 옵션을 포함하여 1천만 달러, 그리고 CF 광고로도 그만큼 벌었다.

작년에도 교통사고로 옵션은 한 푼도 못 받았지만 연봉은 250만 달러나 받았다. 절대로 적은 돈이 아니었다.

'뭐가 문제일까?'

삼열은 러닝을 하면서도 생각했다.

차분하게 생각해 보니 자신도 베이비시터가 집으로 오는 것이 그다지 썩 마음에 드는 것은 아니었다. 멜로라인 가문은 원래 명문가라 집안에 요리사와 집사 등 여러 명의 고용인이 있지만 자신의 집은 그런 사람이 하나도 없었다. 그래서인지 친밀한 가정에 모르는 사람을 끼워 넣고 싶은 마음이 들지는 않았다.

하지만 요즘 마리아의 잔소리가 정도 이상으로 많아지고

있다. 개구쟁이 딸 때문이었다.

삼열은 고개를 절레절레 흔들고 뛰고 또 뛰었다. 이제는 신성석이 없어 예전처럼 극한까지 달릴 수는 없다. 그래서 체력의 한계치에서 80%까지만 뛰곤 했다. 러닝에 투자하는 시간을 줄이기 위해 빨리 달리는 것은 예전과 같았다.

삼열은 운동을 마치고 점심을 먹었다.

마리아는 밭에서 채소를 뜯고 나무들을 돌보고 있었다. 줄리아와 제시, 도니가 그녀의 뒤를 졸졸 따라다니며 말썽을 부렸다. 화를 내는 아내와 못 알아듣는 척하는 딸을 보고 있자니 왠지 웃음이 났다. 그리고 이러한 일상이 매우 다정하고 행복하게 느껴졌다.

작은 행복에 만족하지 못하고 더 큰 것을 노리면 안 된다고 마음속으로 다짐하며 삼열은 살금살금 다가가 줄리아를 번쩍 들었다.

까르르 웃는 딸의 웃음소리가 즐거워 삼열은 줄리아의 뺨에 뽀뽀했다. 이 모습을 보며 마리아가 미소를 지었다.

삼열은 마리아가 이제 직장에 복귀해야 하지 않을까 하는 생각에 말을 꺼내보았다. 그러자 마리아는 고개를 저었다. 줄리아가 지금보다 더 커야 한다면서.

삼열은 그런가 보다 했지만 얼마 후 마리아가 직장에 복귀하지 못하는 진짜 이유를 알게 되었다. 마리아가 사라에게 전화로 하소연하는 것을 들은 것이다. 딸이 너무 말괄량이라 사내 보육원에 맡길 수 없다는 말이었다.

삼열은 그 말을 듣고 생각했다.

강한 것은 좋은데 너무 강한 것이 문제라고. 그리고 깨달았다. 공도 무조건 강한 게 좋은 것이 아니라고 말이다.

그렉 매덕스의 브로마이드를 고등학교 시절 벽에 걸어놓았던 삼열은 자신이 그동안 얼마나 바보 같은 짓을 했는지 깨달았다.

파이어볼러 중에서 오랫동안 메이저리그에서 투수 생활을 한 사람은 많지가 않았다.

물론 랜디 존슨은 46세까지 공을 던졌지만 그의 경우는 허리가 기형적으로 강했다. 그렇지 않은 대부분의 투수는 항상 부상의 위험에 시달리다가 일찍 마운드를 내려와야 했다.

그러니 제구력을 더 갖춰야 한다. 그러기 위해 타자를 더 많이 연구해야 한다.

볼호크(Ballhawk)로 유명한 잭 햄플은 5천 개의 야구공을 잡기까지 각 구장의 특징, 그리고 타자들의 성향을 데이터화해서 가지고 있다.

타자마다 서로 다른 독특한 타격의 메커니즘을 가지고 있어 안타를 치면 유난히 날아가는 방향이 많은 경우가 있다.

예를 들면 '테드 윌리엄스 시프트'는 메이저리그의 전설적인 강타자 테드 윌리엄스를 상대로 펼친 수비 방법이다. 왼손 타자인 그가 공을 극단적으로 당겨서 치니 타구의 대부분이 1루와 2루 사이로 날아갔다. 그래서 3루를 비워두고 3루수가 유격수 자리로 가서 더 촘촘하게 수비를 하였다.

즉, 당겨서 치는 타자냐 밀어치는 타자냐, 인코스 공을 좋아하는지 아니면 아웃코스를 좋아하는지 연구를 하면 보다 쉽게 상대 타자를 상대할 수 있게 된다.

습관이란 알다시피 쉽게 고쳐지는 법이 없기 때문이다. 그리고 이런 부분에서는 삼열이 매우 뛰어난 머리를 가지고 있으니 어려운 일은 아니었다.

이런 생각을 하자 최근에 왼손으로 만든 투구폼이 생각났다. 왼손으로 던지는 자세는 아이러니하게도 오른손으로 던지는 것보다 군더더기 없이 깔끔했다. 아직까지는 오른손만큼 구속이 나오지 않고 던질 수 있는 구질이 직구 외에는 없지만 말이다.


삼열은 오전에 운동을 끝낸 뒤 잠깐 줄리아와 놀아주고 오후가 되면 구단의 연습장으로 나와 훈련을 했다. 그리고 샘 잭슨 투수코치의 지도하에 투구 연습을 하였다.

시간이 지날수록 직구의 제구가 원하는 대로 되었었다.

"직구는 그만하면 된 것 같군. 이제 변화구를 배우도록 하지."

"네, 알겠습니다."

삼열은 샘 잭슨이 직구를 칭찬하자 자신감이 생겼다. 자신이 생각해도 직구는 아주 좋았다. 최대 155㎞/h까지 구속이 나오는데, 무엇보다 좋은 것은 이렇게 던져도 별로 힘이 들지 않는다는 것이다.

직구를 배우는 데 든 시간은 생각 외로 많지 않았다. 가장 기본적인 구질이고 이미 한 번 배운 바가 있기에 어렵지 않았던 것이다. 그리고 연습이라면 질릴 줄 모르는 삼열의 끈질긴 성격도 한몫했다.

"자, 커브를 던져봐."

"네."

삼열은 그립을 고쳐 잡고 던졌다. 그런데 공이 제대로 날아가지 못하고 중간에서 다른 방향으로 날아갔다. 삼열은 어처구니가 없었다.

"아직 손가락 사용이 익숙하지 못해서 그래. 더 많은 시간 연습해야 하겠네."

샘 잭슨 코치의 말에 삼열은 고개를 끄덕였다. 자신이 봐도 형편없는 공이었다.

그러고 보니 커브는 직구와 투구폼이 다른 것이 생각났다. 커브가 기본적인 구질이긴 하지만 익숙하지 않은 상황에서는 무리할 필요가 없다고 생각했다.

효율성이 문제다. 일단 동일한 폼으로 던지는 구질들을 먼저 익히는 것이 낫다는 생각이 들었다.

"저, 아무래도 커터나 체인지업을 먼저 익히는 것이 나을 것 같습니다."

"흐음, 내가 봐도 그런 것 같기는 한데……. 그럼 커터를 던져보게."

삼열은 커터를 던졌다. 확실히 변화구를 던졌던 아까보다는 나았다.

"그렇군. 그럼 커터와 체인지업부터 배우도록 하지. 그리고 익숙해지면 그때 가서 커브를 던지기로 하고."

"네!"

삼열은 커터를 던지는 그립을 연습했다. 확실히 왼손은 오른손보다 익숙해지는 것이 어렵다. 이제부터 공을 가지고 다니면서 틈나는 대로 그립을 쥐는 법을 연습해야 할 것 같았다.

삼열은 익숙한 투구 동작을 반복하고 또 반복했다. 몸에 각인시키는 것이다. 돌에 정으로 글을 새겨두면 수백 년이 지나도 지워지지 않듯이 어떠한 상황에서도 던질 수 있도록 몸에 새기는 것이다.

하루 종일 투구 연습을 하는 그를 보며 선수들뿐만 아니라 구단의 관계자들마저 고개를 흔들고 지나갔다. 그들에게 삼열은 인간이 아니었다.

어떻게 인간이 반복적인 동작을 그토록 오랜 시간 할 수 있는지 미스터리하다고 말했다.

*     *     *

삼열은 2014년 시즌 내내 계속 타자로 경기에 나갔다. 그러나 타자로서 역할이 한정되어서인지 부담은 크지 않았다.

처음 두 경기에서 세 개의 홈런을 때린 후에도 꾸준히 홈런이 나왔다. 하지만 타율은 시간이 지나면서 점점 내려갔다.

그것은 어쩔 수 없는 일이었다. 삼열에 대한 타 구단의 분석이 시작된 것도 있지만 삼열이 그다지 타격에 신경을 쓰지 않은 탓도 있었다. 왼손으로 던지는 것이 점차 익숙해지자 삼열 본인은 물론 구단도 타격의 비중을 줄였기 때문이다.

한여름의 무더위가 한창일 때까지 삼열의 타율은 0.398이었지만 규정 타석을 채우지 못했기에 타격왕이 되기는 힘들었다.

타석에 많이 들어설수록 타율이 떨어지는 것은 당연했다. 이는 선발투수보다 마무리 투수의 평균 자책점이 월등히 좋은 것과 비슷한 이치였다.

그래도 그런 이유로 그의 타율이 무시될 정도는 아니었다. 무엇보다도 그는 홈런 수가 29개로 내셔널 리그 2위다. 경기에 더 많이 나가면 타율이야 내려가겠지만 홈런의 개수는 늘어날 수밖에 없다.

삼열은 끊임없이 노력했지만, 그렇다고 왼손 투수로 마운드에 설 수 있을 정도가 된 것은 아니었다. 시간이 흘러가는 사이에 컵스의 팬들은 서로 '삼열이 타자로 전향해야 한다', '아니다, 투수가 더 좋다'라며 설왕설래했다.

올해 시카고 컵스는 중부 지구 부동의 1위가 되었다. 2위인 신시내티 레즈와는 다섯 게임 차로 벌어졌다. 특히 벅 쇼의 질주가 이어지면서 컵스의 승리도 늘어났다.

그뿐만이 아니라 새로 마이너리그에서 올라온 신인 존 가일 투수가 완벽하게 메이저리그에 적응하면서 컵스에 날개를 달아줬다.

벅 쇼가 12승 5패, 존 가일이 9승 7패였고 다른 투수들 역시 제 몫을 해주고 있었다. 이게 중요했다. 제 역할을 다하고 있다는 것.

타격에서는 역시 존리 말코비치가 독보적이었다. 홈런 20개에 안타 137개로 타율은 0.302다. 로버트 메트릭은 장타율에서는 존리에 밀리지만 타율은 오히려 앞섰다. 레리 핀처, 스트롱 케인, 헨리 아더스 역시 제 몫을 해줬다. 고무적인 것은 컵스에 부상 선수가 없다는 점이었다.

스토브리그에서 워낙 훈련을 많이 하다 보니 기본 체력이 좋아져 부상자가 나오지 않은 것. 이안 스튜어트가 잠시 15일 DL에 오른 것 외에는 이렇다 할 부상 선수가 없다. 따라서 컵 스의 선수와 팬들 모두 한번 해보자는 의욕이 넘쳤다.


여름의 무더운 날씨가 기승을 부리는 날, 삼열은 베일 카르 도 감독의 호출로 그의 사무실을 방문했다.

2층 사무실의 여비서가 교체되었는데 그녀는 매우 아름다 웠다. 그 때문에 컵스의 선수들이 시도 때도 없이 사무실을 방문하고 있었다.

존리와 칼스버그가 사무실의 바깥 소파에 앉아 있었다. 삼 열은 이들이 왜 여기에 있는지 의아했다. 예전에는 절대로 이 곳에 놀러 오지 않았다.

"어! 삼열, 여긴 웬일이야?"

"감독님이 보자고 해서."

"아, 그럼 가봐."

삼열은 어딘지 어색해하는 존리와 칼스버그를 보고 고개를 갸웃거리며 데스크에 앉아 있는 비서에게 가서 말을 하려고 하는데 그녀가 먼저 입을 열었다.

"어서 오세요. 삼열 강 님."

"어?"

비서가 예뻤다. 마리아만큼은 아니지만 모델이라고 해도 믿을 만큼 외모가 출중했다.

삼열은 뒤를 돌아보았다. 칼스버그와 존리가 삼열의 눈을 피해 고개를 돌렸다. 삼열은 피식 웃었다.

'그럼 그렇지. 니들이 여기에 괜히 오겠나!'

삼열은 안내를 받아 사무실 안으로 들어갔다. 이전과는 다르게 아늑한 분위로 꾸며진 사무실을 보자 좋으면서도 이상했다. 칙칙했던 사무실이 아주 환하게 바뀐 것이다.

"어서 오게. 삼열!"

삼열은 베일 카르도 감독의 말에 고개를 꾸벅하고는 주위를 돌아보았다.

"감독님, 취향이 바뀌셨어요?"

"하하, 어때? 괜찮지?"

"네. 뭐, 좋아졌네요."

"그래서 저 녀석들이 일찍 와서 죽치고 앉아 있는 거지!"

"카운터의 직원은 누구예요? 예쁘던데요."

"후후, 그렇지?"

삼열은 자신의 말에 괜히 좋아하는 베일 카르도 감독을 보며 이상해했다. 아무리 봐도 감독이랑 무슨 썸씽이 있을 것 같진 않았다. 그녀는 이런 늙은 남자에게 붙을 만한 여자로 보이지는 않았다.

'뭐지?'

삼열은 웃는 베일 카르도 감독의 얼굴을 뚫어지게 바라보았다. 어딘지 좀 닮은 듯했다.

"이상하네요. 약간 닮은 것 같기도 하고."

"허허, 이제 업무 이야기를 하도록 하지."

"네. 뭐, 그러죠."

삼열은 비서가 가져다주는 커피를 마셨다. 예전에 베일 카르도 감독이 뽑아주던 커피보다는 더 맛있었다. 같은 커피머신에서 뽑아오는 것인데 왜 이렇게 맛의 차이가 느껴지는 것인지 이상했다.

"어차피 올해는 투수로 나설 수 없으니까 이참에 타자로서 좀 더 하는 것은 어떤가?"

"네?"

삼열은 의아한 표정으로 감독을 바라보았다.

"투수한다고 해서 그동안 아주 극도로 자네가 경기에 나가는 것을 조심했지. 그런데 생각해 보니 얼마 안 있으면 리그가 끝나는데 자네 기록이 아까워서 말이야."

"네……?"

"자세히 말하지. 자네의 타율과 홈런이 아까워서 말이야. 지금까지 채워야 할 규정 타석은 372타석이네. 자네의 타석은

300타석이고. 아직 42경기가 남았으니 해볼 만하지 않은가?"

삼열은 이해가 가지 않았다. 그까짓 타석 채우는 게 무슨 의미가 있단 말인가? 타자로 전향할 것도 아닌데 말이다.

삼열이 가만히 있자 베일 카르도 감독이 나직이 한숨을 내쉬며 말했다.

"솔직히 말하면 존리도 성적이 좋기는 하지만 타율이나 홈런 두 부분에서 타이틀을 수상할 가능성은 없네. 있다면 오직 자네뿐이지."

"그런데요?"

삼열은 여전히 이해가 안 된다는 표정을 지었다. 어차피 그는 기록이나 상에 그다지 관심이 없었다.

"컵스에서 홈런왕이나 타격왕이 나오기를 팬들이 원하고 있네. 그리고 자네가 타석에 많이 설수록 우리 팀이 이길 확률이 높아지고. 팬들뿐만 아니라 구단과 구단주도 지구 우승을 꼭 하고 싶은 모양이네."

베일 카르도는 목구멍까지 올라온 월드 시리즈 우승이라는 말을 삼켰다. 이는 김칫국을 마시는 격이니 말이다. 그리고 그 말을 입 밖으로 꺼내는 순간 그토록 오랫동안 유지되었던 컵스의 저주가 다시 시작될 것만 같은 기분이 들기도 했다.

그래서 베일 카르도 감독은 지구 우승이라고 말을 바꿨다.

삼열은 베일 카르도 감독의 말을 들으며 고개를 끄덕였다.

하지만 이내 고개를 흔들었다. 얻는 이익이 별로 없었다.

"매우 좋은 생각이에요, 감독님. 하지만 전 안 하겠어요."

베일 카르도는 삼열이 고개까지 끄덕이자 승낙하는 줄 알고 내심 좋아하다가 그가 거절하자 곤란한 표정을 지었다.

"아니, 왜 그런가?"

"제가 타자를 계속할 것도 아닌데 그런 기록이 무슨 의미가 있겠어요?"

"아니, 아니. 삼열, 잘 들어봐. 그동안 우리가 소화한 120경기 중에서 너는 101경기에 출전했어. 그리고 그중 대부분 중간에 교체되었고. 우리 팀이 올해 120경기를 하는 동안 1번 타자는 612타석을 소화해야 했지. 그런데 너는 정확히 301타석에 나섰으니 절반도 안 돼. 그러니 후반기에 조금 무리를 해도 되지 않겠나?"

"저 올해 연봉 외에 사이드 옵션은 달랑 120만 달러입니다."

"……."

삼열이 돈 이야기를 꺼내자 베일 카르도는 입을 다물었다. 삼열이 지금까지 거둔 4할에 육박하는 타율과 29개의 홈런, 19개의 도루, 그리고 102타점은 메이저리그 최고의 성적이었다. 게다가 팀 공헌도까지 고려하면 더 말할 필요가 없었다.

그러나 삼열이 올해 받게 되는 연봉은 260만 달러, 옵션까지 합해봐야 380만 달러에 지나지 않는다. 컵스는 거저먹으려고 하고 있었다.

"그래도 팬들이 원하는데……."

"그러다가 다음 해에 부진하면 한순간에 팽 당하죠. 누구처럼."

삼열의 말에 베일 카르도 감독이 다시 입을 다물었다. 사실 삼열이 무리해서 기록을 달성하면 컵스 구단은 엄청난 홍보 효과를 얻는다. 하지만 그렇게 무리한 선수는 그 이듬해에 반드시 부진에 빠지곤 한다.

삼열은 이상영에게 그런 이야기를 너무나 많이 들어서 애초부터 무리할 생각이 조금도 없었다. 투수도, 타자도 무리하면 반드시 다음 해에 부작용이 따라오게 마련이다.

인간의 몸이라는 것은 생각보다 예민해서 함부로 굴리면 반드시 후유증이 생긴다.

투수인 삼열이 굳이 구단을 위해 그렇게 친절하게 열심히 할 필요는 없었다. 삼열은 커피를 마저 마시고 자리에서 일어났다.

"커피 잘 마셨어요."

"어, 어. 그래. 그럼 잘 가게."

베일 카르도 감독은 문까지 열어주며 배웅을 했다. 문을 나오는데 존리와 칼스버그가 돌아가면서 새로 온 여직원에게 말을 걸고 있었다. 그러다가 삼열이 보자 소파로 돌아가 얌전하게 앉았다.

'뭐지?'

적어도 이렇게 얌전하게 굴 놈들이 아니었다.

존리는 원래 건방진 캐릭터고 칼스버그조차 잘생긴 외모 덕에 여자와 노는 일에는 고수다. 이렇게 점잖게 나올 놈들이 아니었다. 이런 생각을 하자 삼열의 촉수에 뭔가가 걸렸다.

'혹시?'

삼열은 새로 온 직원을 유심히 바라보았다. 큰 키에 시원한 외모, 갈색의 긴 머리가 매력적이었다. 게다가 미국인치고는 매우 날씬했다.

삼열은 소파에 앉았다.

"너 안 가냐?"

"볼일 다 본 거 아니었어?"

존리와 칼스버그가 거의 동시에 말했다.

"그냥 좀 쉬었다 가려고. 그런데 저 새로운 여직원 말이지, 누구 닮은 것 같은데."

"닮아?"

칼스버그가 약간 긴장한 어조로 말했다. 회색빛 눈동자가 비 맞은 새처럼 출렁거렸다.

삼열은 벌떡 일어나 카운터로 갔다.

"비비안······?"

"네, 삼열 강 님. 무엇을 도와드릴까요?"

삼열은 여자의 가슴에 부착된 이름표를 보았다. 가느다란 목에서부터 내려온 탐스러운 머릿결이 어깨를 타고 내려와 명찰을 살짝 가렸다.

"베일 카르도 감독하고 무슨 관계세요?"

삼열의 말에 비비안이 미소를 지으며 말했다.

"호호, 모르셨어요?"

"······?"

삼열이 곤혹스러운 표정을 짓자 비비안은 웃으며 말했다.

"제 아빠예요."

"오 마이 갓! 정말 믿을 수가 없군!"

"네······?"

"너구리에게서 어떻게 이런 미인이 태어난 것이지?"

삼열이 혼잣말로 중얼거렸다. 비비안은 울어야 할지 웃어야 할지 몰라 애매모호한 표정을 지었다. 자신이 예쁘다고 칭찬을 한 것은 맞는데 아빠를 너구리라고 대놓고 말하다니 말이다.

"우리 아빠, 그 정도는 아니에요."

비비안이 얼굴을 붉히며 말했다. 비비안의 말을 듣고 그제야 자신의 실수를 깨달은 삼열은 급히 사과했다.

"아, 미안해요. 말이 잘못 나왔네요. 그런데 저 녀석들이 데이트 신청을 해오지 않던가요?"

"……."

"비비안, 둘 다 남자로서는 별로예요."

그러자 존리와 칼스버그가 벌떡 일어나 삼열의 말에 반박했다.

"야, 내가 어디가 어때서 그래. 잘생겼지, 건강하지, 게다가 돈도 잘 벌지."

"그 말은 맞는 말인데……."

"그럼 뭐가 문제야?"

삼열이 반발하는 칼스버그를 보며 입을 다물었다. 표정을 보니 둘 다 진지했다. 그렇지 않았다면 감독의 딸을 마음에 두지는 않았을 것이다.

삼열은 다시 비비안을 바라보았다. 확실히 근처에서는 보기 드문 미인이다. 삼열은 다시 두 사람을 보고 웃어주고는 사무실을 나왔다.

삼열은 사무실을 나와 연습장으로 가는 동안 피식피식 웃었다. 역시 존스타인이었다. 적은 투자로 상대를 홀라당 벗겨 먹으려고 하는 것이 정말 프로다웠다.

만약 삼열이 타자였다면 구단의 제의에 동의했을 것이다.

메이저리그의 홈런왕과 타격왕. 얼마나 매력적인가. 하지만 삼열에게는 그렇지 않았다.

타자가 될 생각이 전혀 없는데 무슨 타격왕이란 말인가. 당장 내년에 다시 마운드에 서서 공을 던질 수 있을까 없을까를 생각하는 것만으로도 머리가 아픈데 말이다.

*        *        *

그러나 삼열이 거부 의사를 감독에게 분명히 했음에도 불구하고 베일 카르도 감독은 은근슬쩍 삼열의 출전 시간을 늘렸다. 감독이 까라고 하면 까야 하는 게 현실이니 삼열도 말없이 경기에 임했다.

삼열은 환호하는 관중들의 소리를 들으며 타석 근처에서 마운드를 바라보았다. 거기에 R디메인이 있었다.

칠 수 없는 공을 던지는 너클볼러 R디메인.

그는 웨이크필드가 은퇴한 후 메이저리그에 남은 유일한 너클볼러다. 매년 수많은 투수가 너클볼을 시도하지만 너클볼 투수가 되는 선수는 거의 없다.

인내가 아니면 익힐 수 없는 공. 그리고 인내만 있다면 평범한 체격과 재능으로도 메이저리그로 올라갈 기회를 줄지 모르는 유일한 공.

마구, 너클볼!

히트 바이 어 피치드 볼을 맞아도 웃으며 1루로 걸어갈 수 있는 공도 너클볼이다. 물론 아프지만 그 정도의 아픔으로 1루로 나갈 수 있다면 대다수의 타자는 맞는 것을 선택할 것이다. 그만큼 너클볼의 구속은 느리다. 공이 회전하지 않으니 위력도 약하다. 나비처럼 춤추지 않으면 배팅볼밖에 되지 않는 공이다.

앞으로 세 경기가 남아 있지만 컵스는 중부 지구 1위를 확정지었다. 2위 신시내티 레즈가 모든 경기에서 승리해도 뒤집을 수 없다. 삼열은 이 무모한 경기에 나와 있는 자신의 모습에 한숨을 내쉬었다.

컵스는 자신을 이용한 마케팅을 포기하지 않았다. 그 결과 오늘 경기만 더 하면 규정 타석을 채울 수 있게 된다.

처음에는 반발도 많이 했지만 컵스는 교묘했다. 삼열이 반발하면 하루 이틀 쉬게 해주고 다시 경기에 내보냈다. 그래서 오늘까지 왔다.

삼열은 고개를 절레절레 흔들었다. 한동안 컵스가 좋았는데 이제 다시 지겨워지려고 한다. 수년 동안 제대로 된 성적도, 유명한 스타도 배출하지 못했던 컵스로서는 삼열이 타자로 놀랍게 변신하자 욕심이 났던 것이다.

투수를 원하고 있음에도 현실은 던질 수 있는 여건이 되지 않았다. 아직 온전하게 던질 수 있는 공이 한정되어 있었기 때문이다.

직구와 커터, 체인지업과 커브를 던질 수 있게 되었지만 직구를 제외한 다른 구질은 만족할 만큼의 제구나 구속이 뒷받침되지 않고 있었다. 아직은 연습이 더 필요했다. 그러니 삼열은 구단이 까라면 까야 했다.

'젠장!'

삼열은 씹던 해바라기 씨를 바닥에 뱉었다. 이전 경기에서 R디메인을 상대로 한 개의 홈런을 뽑은 경험이 있다. 오늘로써 세 번째 상대하게 되는 R디메인을 보며 삼열은 웃었다. 올해도 그는 20승 4패로 뛰어난 성적을 거두고 있었다.

삼열은 배트를 들고 살짝 휘둘러보았다. 오늘은 보호구가 필요 없는 날이다. R디메인의 공은 너클볼치고는 빠르지만 그래 봐야 80마일 전후이기 때문이다.

레드삭스의 포수 제이슨 베리텍은 '너클볼을 잡는 것은 젓가락으로 파리를 집는 것이나 마찬가지다'라고 평가한 적이 있다. 그래서 그는 웨이크필드가 나오면 경기에 출전하지 못했고 웨이크필드의 전담 포수인 더그 미라벨리가 나오곤 했다.

조 토레 감독이 '너클볼은 잡는 것이 아니라 막는 것이다'라고 너클볼에 대해 말했듯이 포수도 날아오는 너클볼의 궤적을 제대로 예측하지 못한다. 포수가 그런데 타자는 얼마나 더 힘들겠는가.

삼열은 크게 호흡을 했다.

깊은 호흡에 딸려온 공기가 허파를 통과하자 마음이 잔잔해졌다. 삼열은 R디메인을 바라보았다. 그의 얼굴을 보자 금발의 귀여운 얼굴로 팬이라고 말했던 그의 아들 존이 생각났다.

그때 삼열은 행복한 아들과 아빠의 모습을 보고 기분이 좋아졌었다.

'자, 던져봐요. 날려 버릴 테니.'

타석에 서자 바로 공이 날아왔다. 삼열이 힘껏 배트를 휘둘렀지만 공은 이미 저 멀리 달아나 있었다. 나비가 춤을 춘다는 말로 대변되는 무회전볼은 회전이 극도로 제약되어 공기의 영향을 많이 받는다. 그리고 일정한 궤적조차 없어 치기가 힘들다.

모든 공은 일정한 궤적을 가지고 날아든다. 이 궤적 때문에 타자는 예측이 가능해서 타격할 수 있게 된다. 이는 포수도 마찬가지다. 그런데 너클볼은 이러한 궤적 자체가 없으니 예측을 하고 배트를 휘두르는 것 따위는 할 수 없다.

삼열은 고개를 좌우로 흔들고 타석에 서서 날아오는 공을 바라보았다. R디메인은 언제나 간결한 투구 동작으로 마치 몸을 풀듯이 쉽게 공을 던진다. 삼열은 배트를 휘둘렀다.

펑.

"스트라이크."

삼열은 타석에서 물러나 배트를 좌우로 흔들어 보았다. 정말 치기 힘든 공이다.

현존하는 유일한 너클볼러를 보니 삼열의 마음속에 절로 존경심이 일었다. 그리고 오른손으로 배우던 스크루볼에 대한 아쉬움이 폭풍처럼 일어났다.

스크루볼을 완전히 배워서 던졌다면 엄청난 공이 되었을 것이다. 그런데 그 전에 교통사고를 당했다. 조금만 더 시간이 있었다면 완벽하게 익혔을 마구 스크루볼.

'젠장, 아까워 죽겠네.'

단 한 번이라도 경기에서 제대로 던지고 나서 사고를 당했다면 덜 억울했을 것이다. 완성되지 않은 스크루볼을 던지다가 홈런도 많이 맞았었다. 삼열은 공이 날아오자 그대로 배트를 휘둘렀다.

펑.

"스트라이크."

"젠장!"

삼열은 배트로 자신의 머리를 톡톡 치면서 더그아웃으로 들어갔다.

삼열이 자리에 앉자 로버트가 한마디 했다.

"너도 별수 없구나."

"R디메인의 공은 정말 치기 힘들어."

삼열의 말에 주위에 있던 선수들이 모두 고개를 끄덕였다. 공을 치기도 힘들고 쳐봐야 내야 땅볼이 대부분이다.

게다가 R디메인은 수비 실력도 좋아 1루에 진루해도 도루는 거의 힘들다. 너클볼러들이 타자가 진루하면 수비에 어려움을 겪는 것과는 완전히 달랐다. 너클볼치고는 빠르고 수비도 잘하니 공략이 힘들었다.

너클볼의 대부 필 니크로는 평생을 통해 단 한 번도 전력으로 공을 던지지 않았다고 한다. 삼열은 그 이야기를 들었을 때 한마디 했다. 나도 그래야지, 라고.

구속이 떨어지면 배워볼 생각도 했다. 너클볼은 110㎞/h 전후의 공이니 전력을 다해 던지는 것이 말이 안 되긴 했다. 배울 수만 있다면 가장 힘을 안 들이고 던지는 공이다. 이에 반해 삼열이 배우던 스크루볼은 투수가 가장 힘들게 던지는 구질 중 하나다.

2번 타자 스트롱 케인도 2구 만에 땅볼 아웃을 당하고 물러났다. 그리고 레리 핀처 역시 삼진을 당하고 물러났다. 컵스의 타자들은 당연하다는 표정으로 글러브를 챙겨 그라운드로 걸어 나갔다.

하늘을 울리는 요란한 소리에 삼열은 고개를 들어 올려다보았다. 하늘 위로 비행기가 지나가고 있었다.

이곳 시티 필드는 라구아디아 공항이 가까워 비행기가 자주 날아다녔다. 메츠의 마스코트인 야구공을 뒤집어쓴 캐릭터가 나와 관중들에게 익살스러운 행동을 했다.

삼열은 우익수 자리로 가서 글러브를 꼈다. 그때 들려온 파워 업 소리에 뒤를 돌아보니 몇 명의 아이들이 모여 삼열을 향해 외치고 있었다. 삼열은 그들을 향해 손을 흔들었다.

삼열의 별명 중 하나가 '아이들의 영웅'이다. 악동 이미지를 벗지 못하고 있지만 아이들을 사랑하기로 소문이 나서 미움도 받지 않는 캐릭터다. 영웅과 악동의 캐릭터가 공존하는 것이 바로 삼열이다.

"파워 업! 나나나나 파워 업!"

삼열은 시티 필드에서 자신의 응원가가 흘러나오자 감정이 이상했다. 아이들은 계속 신나게 파워 업을 외쳤다.

'아이들에게 더 신경 써야겠군!'

그동안 교통사고가 나고 재활 훈련을 하느라 신경을 미처 쓰지 못한 많은 일이 생각났다. 여전히 파워 업 티셔츠는 많이 팔리고 있었고 통장에는 돈이 쌓였다. 적어도 마리아에게 약속한 대로 티셔츠를 팔아 번 돈은 아이들을 위해 써야 한다. 그래 봐야 순이익의 60%밖에 안 되지만 말이다.

오늘 경기는 객관적으로 이기기 힘들다. 양 팀 투수의 비중이 너무 차이가 났다. R디메인과 랜디 팍스. 랜디 팍스는 올해

9승 8패다. 반면 R디메인의 20승 4패. 비교가 되지 않는다.

그래도 랜디 팍스가 1회를 잘 막아내고 있었다. 1번 타자 땅볼 아웃, 2번 타자는 삼진, 3번 타자는 외야 플라이 아웃으로 가볍게 이닝을 마쳤다.

삼열은 더그아웃으로 들어와 존리 말코비치가 타석에서 배트를 휘두르는 것을 지켜보았다. 그도 초구에 스트라이크를 당했다. 천재적인 재능을 가진 존리도 생소한 너클볼에는 속수무책이었다.

던지는 선수라도 많으면 연구라도 할 텐데 메이저리그에서 딱 한 명이었다. 그 한 명을 공략하기 위해 너클볼을 연구하는 것은 엄청나게 비효율적이었다.

삼진으로 물러나 더그아웃에서 의자를 발로 차며 성질을 부리는 존리를 보며 주위에서 피식거렸다. 동료 선수들의 비웃음에 그는 입을 다물었다. 몇 달 전에 더그아웃에서 난리를 피우다가 경기가 끝난 다음 삼열에게 흠씬 두들겨 맞은 다음부터 조심하고 있었다.

그 후 삼열은 미안해서 밥을 사주었다. 존리는 말로는 고소한다고 했지만 하지 못했다. 고소해 봐야 얻는 게 없기 때문이다.

돈이야 조금 받겠지만, 그러면 정말 팀에서 미친놈 되는 것이고, 자신을 구타한 것이 언론에 폭로되어도 그 녀석은 원래 그런 놈이니 잃을 게 없었다. 존리는 슬쩍 삼열의 눈치를 살피다가 슬며시 의자에 다시 앉았다.

마운드에서는 R디메인이 느린 공을 쉽게 던졌고 타자들은 어렵게 쳤다. 삼열은 R디메인의 공을 보며 역시 제구력이 구속보다 더 중요하다고 생각했다. R디메인의 고속 너클볼은 의외로 제구도 좋다.

신시내티 레즈의 마무리 투수 아롤디스 채프먼도 105마일의 공을 던지지만 그다지 성적이 좋지 못했는데 완급 조절을 배운 후 메이저리그 최고의 마무리 투수가 되었다.

야구는 인생과 같다. 강하다고 이기는 것이 아니다. 이것은 마치 학창 시절에 공부를 잘했다고 사회생활에서 우등생이 되는 것은 아닌 것과 비슷했다.

구속이 좋으면 유리하다. 아주 많이 유리하지만, 그렇다고 항상 승리하는 것은 아니다.

'난 가늘고 길게 오랫동안 메이저리그에서 던질 거야!'

삼열은 손을 마주 잡고 R디메인이 컵스의 타자를 쉽게 요리하면 할수록 그만큼 기뻐했다. 그가 던지는 공은 마치 어둠 속에서 찬란하게 빛나는 태양 같았다.

기교파 투수가 되는 것. 만약 오른손이 교통사고 전으로 되돌아간다면 105마일을 던지는 기교파 투수가 될 것이라고 상상하자 입가에 미소가 저절로 떠올랐다.

"뭐 해? 안 뛰어가고!"

벅 쇼가 삼열의 등을 치며 말했다. 이미 컵스의 선수들은 그라운드에서 자리를 잡고 있었다. 삼열은 정신을 차리고 그라운드로 뛰어갔다. 신선한 밤공기가 폐로 들어오자 기분이 좋아졌다.

주변이 점점 어두워지자 조명이 하나둘 켜지며 그라운드를 비추었다. 삼열은 그 모습을 보며 외쳤다.

"파워 업!"


딱.

경쾌한 타격음이 그라운드를 울렸다. 하지만 어디에도 공은 날아오지 않았다. 좌익수 헨리가 황당한 표정으로 3루 쪽의 깊은 펜스를 바라보고 있었다. 거기에는 볼 걸을 하는 소녀가 모자를 쓰고 관중들의 환호를 받고 있었다.

삼열은 우익수라 문제의 그 장면을 볼 수 없었다. 그런데 잠시 후 친절하게도 전광판에 그 장면이 나왔다.

메츠의 4번 타자 아이언 베이커가 친 공이 파울 플라이 쪽으로 날아가 펜스에 부딪히기 전에 소녀가 공을 공중에서 낚아챘다.

다시 한 번 느린 화면이 나왔다. 소녀가 펜스를 발로 차 몸을 허공으로 솟구치게 했다. 그것도 두 번이나 연속으로 차서 가볍게 공을 낚아챈 것이었다. 파울이 되는 공이었고 따라가서 잡는 선수도 없었기에 소녀의 행동은 전혀 문제가 되지 않았다.

하지만 그녀의 놀라운 순발력만큼은 문제였다. 엄청났다. 아마도 무술이나 운동을 하는 소녀이리라. 소녀는 공을 잡아 3루 쪽 아이에게 던져주고 환하게 웃었다.

"위! 굉장한걸."

레리 핀처가 놀라 외치는 소리가 제법 멀리 떨어져 있던 삼열의 귀에도 들렸다. 그녀는 볼보이계의 윌리 메이스라 할 만했다.

1954년 윌리 메이스는 역사상 가장 놀라운 공을 잡았다. 클리블랜드 인디언스와의 월드 시리즈 1차전에서 2 : 2 동점 상황, 빅 워츠가 중견수의 키를 넘기는 공을 쳤다. 윌리 메이스는 머리 위로 날아오는 공을 달려가는 상태 그대로 잡아 던졌다.

보지 않고 뒤로 날아오는 공을 낚아챈 윌리 메이스, 공중에 뜬 공을 잡으려고 달려가 펜스를 차서 등 뒤에서 오는 공을 낚아챈 볼 걸.

삼열은 입을 웅얼거리며 혀를 찼다. 아이언 베이커가 다시 안타성 타구를 날렸지만 컵스에는 로버트가 있었다. 딱 하는 소리와 함께 자리를 옮긴 로버트는 거의 일직선으로 날아오는 공을 쉽게 잡아냈다.

그의 뛰어난 수비에 관중들의 박수가 터져 나왔다. 굉장히 빠르고 날카로운 공을 넘어지는 자세로 낚아챈 것이다. 그리고 결국엔 몸의 무게 중심을 유지하지 못해 넘어지면서도 그는 공을 떨어뜨리지 않았다.

"하, 괴물이군!"

삼열은 로버트의 탱탱한 오리엉덩이를 노려보며 중얼거렸다. 오늘따라 그의 휘어진 O자 다리가 더욱 구부정하게 보였다.

랜디 팍스는 잘 던졌고 컵스의 수비는 더욱 잘했다.

원래 선발투수의 무게에서 컵스는 메츠의 상대가 되지 못했다. 그리고 컵스의 타자들은 R디메인의 너클볼에 쩔쩔맸다. R디메인이 등판하는 날에 타자들은 비가 오기를 기도한다. 그렇지 않으면 타석에 서서 있다가 들어와야 하니 말이다.

명불허전.

R디메인은 5회까지 단 한 명의 타자에게도 안타를 허용하지 않았다. 그에 반해 랜디 팍스는 결국 1실점을 하고 말았다. 시간이 지나면서 컵스의 더그아웃에는 불길한 기운이 감돌았다. 5회를 마친 상태에서 단 한 명의 안타도, 그리고 사사구도 없었다.

"야, 로버트! 단타라도 하나 쳐!"

마음이 답답한지 레리 핀처가 소리쳤다. 로버트는 어색한 미소를 지으며 머리를 손으로 긁었다. 밖에서는 잠시 운동장을 고르고 있었고, 스피커에서는 가벼운 음악이 흘러나왔다.

로버트가 더그아웃을 나가 배트를 휘두르며 몸을 풀었다. 3분이 지나자 운동장이 바로 정비되었다.

R디메인이 마운드에 올라 몇 개의 공을 던졌다. 정말 편안한 동작이었다. 그는 아주 쉽게 던졌다. 배팅볼밖에 안 되는 느린 공이 춤을 추고 들어오자 로버트는 헛스윙을 하고 말았다. 그리고 다시 R디메인이 공을 던졌다.

딱.

"엇!"

"뭐야!"

2루수 다리 사이로 빠지는 강습 안타였다. 상대 수비가 방심한 것도 있었지만 준비하고 있었다고 하더라도 쉽게 잡을 수 있는 공은 아니었다. 그만큼 타구가 빨랐다.

총알 같은 강습 안타에 컵스의 더그아웃에서는 환호를 질렀다. 그동안 컵스의 타자들은 혹시나 자신들이 퍼펙트게임의 희생양이 되지나 않을까 전전긍긍했다. 게다가 R디메인은 5회까지 단지 49개의 공을 던졌기 때문에 충분히 완투할 수 있는 체력을 비축하고 있었다.

너클볼러들은 경기에서 아주 많은 공을 던진다. 제구가 안 되기 때문이다. 하지만 R디메인은 제구까지 된다. 컵스의 타자들이 쉽게 승부한 탓도 있지만 20승 투수가 괜히 되는 것은 아니니까.

8번 타자 칼스버그가 때린 공을 R디메인이 가볍게 잡아 2루로 던졌고 2루수는 다시 1루로 던졌다. 1—4—3으로 이어지는 깔끔한 수비였다.

로버트는 2루로 뛰다가 아웃이 되자 환하게 웃으며 천천히 더그아웃으로 들어왔다. 선수들이 그의 머리나 등을 치며 수고했다고 격려했다. 그리고 9번 타자 랜디 팍스는 3구 삼진을 당한 뒤 물러났다.

박수가 쏟아졌다. 퍼펙트게임을 놓친 격려의 박수였다. R디메인은 관중들을 보며 미소 지었다.

삼열은 그라운드로 천천히 걸어갔다. 짙은 어둠이 스며든 시티 필드의 잔디가 찬란한 조명 때문에 아름다운 보석처럼 반짝거리며 빛났다.

삼열은 햇살처럼 눈부시게 그라운드를 휘감는 빛의 물결을 보며 생각에 잠겼다. 아주 가끔 이렇게 그라운드에 서 있는 것 자체가 마냥 행복했다. 그냥 이유 없이 행복했다.

그렇다. 행복에는 이유가 없다.

돈이 많아야, 성공해야 행복하다는 따위의 이유는 없다. 그냥 행복하면 되는 것이다.

야구를 할 수 있다는 것, 아니 살아 존재한다는 것 자체가
이미 행복이다. 행복을 행복으로 인식하는 것, 이것을 잘하는
사람은 행복한 사람이다. 삼열은 그라운드에 모인 사람들이,
그리고 그라운드 자체가 가족처럼 편안했다.

"그래, 가는 거야!"

삼열이 소리를 쳤다. 그리고 딱 하고 공이 날아왔다. 삼열
은 자신의 이마로 곧장 날아오는 공에 놀라 급히 글러브를 반
사적으로 갖다 대었다. 조금만 늦었어도 공에 맞았을 것이다.

안도의 한숨을 내쉬었는데 다행히도 사람들은 삼열이 한눈
을 판 것을 눈치채지 못한 것 같았다.

이렇게 삼열은 얼떨결에 아웃 카운트 하나를 잡았다.

'역시 딴생각을 하면 안 돼.'

사실 삼열은 최근에 경기에 흥미를 느끼지 못했다. 경기에
나가는 시간이 많아지면 많아질수록 투구를 연습하는 시간이
줄어들었기 때문이다. 그래서 타율은 이미 내셔널 리그 2위로
내려앉았고 홈런왕만 간신히 유지하고 있었다.

삼열은 오버하지 않고 받은 만큼만 일하자는 주의다. 시카
고 컵스에서는 더욱 그러했다. 절대로 마크 프라이어처럼 되
지는 않겠다고 시간이 날 때마다 다짐하곤 했다. 그리고 그는
성격적으로도 관심이 없으면 그 일에는 집중하지 않는 타입이

었다.

이런 특성 때문에 고등학교 시절 왕따를 당해도 초연할 수 있었다. 지금은 한마디로 타격에는 관심이 전혀 없다.

베일 카르도 감독은 초조하게 경기를 지켜보았다. 그리고 딴생각을 하다가 급하게 공을 잡는 삼열을 보고는 고개를 설레설레 흔들었다.

요즘 들어서 삼열은 경기에 집중하지 못하고 있었다. 그래도 삼열에게 뭐라 말할 수 없는 것은 투수에게 타자로 잠시 뛰라고 명령하고 있기 때문이다.

타자로 완전히 전향하라는 것도 아니고 임시방편으로 하라고 하니 자신이라도 경기에 집중하지 못할 것 같았다. 그래도 삼열이 경기에 집중하지 못하는 것은 아쉬웠다.

컵스는 영웅이 필요했다. 삼열은 사람들에게 충분히 인기가 많았다. 악동의 이미지도 있지만 캐릭터가 좋아 많은 사람에게 사랑받고 있다.

존리 말코비치도 컵스에서 떠오르고 있지만 삼열과 비교했을 때 너무 차이가 났다. 게다가 멜로라인 가문의 마리아와 결혼한 삼열의 캐릭터는 대중들의 로망을 만족시켜줬다.

앞으로 존리가 지금보다 더 발전한다면 모르지만 현재까지는 비교가 전혀 되지 않는다. 올해만 봐도 존리의 홈런 개수는 27개밖에 안 되지만 삼열은 무려 47개다.

삼열에게 투수를 포기하라고 하기도 그렇고, 놀라운 타격을 하고 있는 것을 포기하기도 당장 아쉽기만 했다.

일반적으로 구단은 투수보다 타자를 더 선호한다. 왜냐하면 타자는 162게임에 모두 출전할 수 있지만 투수는 단지 32경기에만 나가기 때문이다. 하지만 투수진이 엉망이면 아무리 타자들이 잘해도 이길 수 없으니 이러지도 저러지도 못하고 있었다.

105마일의 공을 던진 투수에게 타자로 전향하라고 말하면 장난하느냐고 할 것이기 때문이다.

"저놈은 종자가 다른 놈이야. 젠장할 녀석, 너무 잘해도 문제네."

베일 카르도 감독이 큰 소리로 중얼거리자 옆에 있던 스태프들이 웃었다. 베일 카르도 감독이 바라보는 선수가 삼열인 것을 알고 있기 때문이다.

내셔널 리그 중부 지구 우승이 확정되어서 컵스는 몸을 사리고 있었다. 이에 반해 메츠는 현재 동부 지구 2위로 1위 필라델피아에 한 게임 차로 뒤지고 있어 필사적으로 경기에 매달렸다.

결국 랜디 팍스는 6회를 버티지 못하고 홈런 두 방에 무너지고 말았다. 베일 카르도 감독은 젠 트라벤을 마운드에 올렸다.

에밀리가 중간계투진에서는 가장 뛰어난 성적을 거두고 있지만 요즘 피곤함을 호소하고 있었다. 그리고 굳이 이길 수 없는 경기에 투수 자원을 낭비하고 싶지도 않았다.

사실 그는 삼열을 경기에 내보내고 싶지도 않았다. 다만 그놈의 규정 타석을 채우려고 삼열과 눈치 싸움을 해야 했다. 대부분의 선수는 시합에 안 내보내서 문제인데 이놈은 내보낸다고 입이 나와 자신을 째려보니 마음이 불편했다.

'이게 다 누구 영웅 만들기인데. 고마워해도 부족할 판에. 망할 놈!'

베일 카르도 감독은 젠 트라벤 투수가 아웃 카운트를 두 개 잡고 흔들리자 즉시 마운드로 올라갔다.

"젠, 이번 경기는 너에게 맡길 테니 차분하게 던져."

젠 트라벤은 감독의 말에 고개를 끄덕였다. 감독이 내려가자 그는 주위를 둘러보며 심호흡을 했다. 투 아웃에 1루. 나쁘지 않았다.

문제는 포볼로 내보낸 것이었다. 사사구로 타자를 진루시키면 마음이 무거워지는 이유는 투수의 제구력에 문제가 생겼다는 것을 뜻하기 때문이다. 안타를 맞아서 진루한 것과는 내용 면에서 천지 차이다.

'침착하자, 침착. 난 할 수 있어.'

젠은 호흡을 고르며 포수의 사인을 보았다.

'빼라고?'

젠은 의아했지만 포수의 사인대로 빠른 직구를 던졌다. 외곽으로 던진 공이 포수의 미트에 도달하자마자 칼스버그가 벌떡 일어나 2루에 송구하였다. 로버트가 재빨리 공을 받아 2루 도루를 시도한 조시 켄트를 잡았다.

"예스! 예스!"

그는 마운드에서 소리를 지르며 주먹을 불끈 쥐고 위로 들었다. 젠 트라벤은 무사히 이닝을 마치며 편안한 마음으로 마운드에서 내려갔다.

8회에 R디메인은 다른 투수로 교체당했다. 구위는 나쁘지 않았는데 손가락에 이상이 생겼던 것이다. 덕분에 칼스버그는 새로 바뀐 투수 존 벅시로부터 안타를 뽑아내 2사 1루가 되었다. 그런데 다음 타자를 존 벅시가 공 한 개 던지고 이닝을 마무리했다. 투수 앞 땅볼이었다.

삼열은 8회 말에 나갔다가 수비를 마치고 돌아오면서 자신이 마지막 타석에 서야 함을 알았다. 컵스가 8이닝 동안 2안타에 한 명의 누상의 주자를 두고 이닝을 마쳤기에 9회 초에는 8번, 9번, 1번 타순의 공격이 남은 것이다.

메츠의 마무리 투수 조 크라우드가 마운드에 섰다. 그는 작년까지 텍사스 레인저스에서 2년간 1,450만 달러의 연봉을 받았다.

토미존 수술을 받기 전까지 리베라에 비견될 만큼 대단한 구위를 가진 투수로 평가를 받았던 그는 2007년에 47개의 세이브를 기록하기도 했다.

토미존 수술을 하고 나서 다시 회복된 그는 여전히 메이저리그의 정상급 마무리로 활약하고 있다. 올해 그의 평균 자책점은 1.78로 37세이브를 해내며 이름값을 톡톡히 해내고 있었다.

8번 타자 이안 스튜어트가 땅볼로, 9번 타자로는 조안 빅터가 투수 대신 나와 삼진을 당했다. 삼열은 마지막 타석에 섰다. 오늘 네 번째 타석에 서게 되면 드디어 규정 타석을 다 채우게 된다.

'젠장, 이제 지겨운 타자 놀이도 끝이군.'

삼열은 아직까지는 5일 만에 한 번 등판하는 투수가 더 좋았다. 162경기나 소화해 내야 하는 타자는 적성에 맞지 않았다. 물론 홈런을 치면 기분이 좋기는 했지만 말이다.

삼열은 조 크라우드를 잠시 바라보다가 그가 공을 던지려고 자세를 취하자 배트에 힘을 꽉 쥐었다. 그런데 오늘따라 공이 유난히 크게 보였다.

'애라, 모르겠다.'

삼열은 공을 보고 힘껏 배트를 휘둘렀다. 될 대로 되라는 심정으로 휘둘렀는데 공이 맞는 감각이 평소와 달랐다.

딱.

삼열은 이게 뭔가 싶어 공이 날아가는 방향을 지켜보았다. 공은 높이 떠서 외야로 날아갔다. 마침 바람의 방향도 외야 쪽으로 불고 있었다.

우측 펜스를 훨씬 넘기는 큼직한 홈런이었다.

삼열은 1루로 뛰면서도 얼떨떨했다. 대충 휘둘렀는데 맞은 것이다.

조 크라우드 투수는 눈을 크게 뜨고 날아가는 공을 바라 보았다. 그리고 펜스를 넘어가는 공을 보며 쓸쓸하게 웃었다. 조심한다고 했는데도 상대 타자가 홈런을 친 것이다.

삼열은 더그아웃에 들어와 동료들의 축하를 받았다. 베일 카르도 감독은 삼열의 홈런을 보며 회심의 미소를 지었다. 드 디어 말썽꾸러기가 한 건을 한 것이다.

'이로써 홈런왕 타이틀은 확보했군.'

삼열의 홈런은 48개. 2위 호세 바티스타가 46개이니 거의 확정적이었다. 물론 아직 경기가 두 게임 남아 있으니 변수는 있지만 말이다.

베일 카르도 감독은 2번 타자 스트롱 케인이 땅볼로 아웃 되면서 경기가 끝났음에도 미소를 지었다. 오늘은 졌어도 기 분이 나쁘지 않았다. 어차피 중부 지구 우승을 확정한 상태라 의미가 없는 경기였다.

이제 월드 시리즈로 가기 위해서는 5전 3승제의 디비전 시리즈를 치러야 한다. 디비전 시리즈에서 이기면 7전 4승제의 리그 챔피언시리즈를 치르고, 거기서도 이기면 대망의 월드 시리즈에 진출하게 된다.

삼열은 동료들의 축하를 받으며 호텔로 가는 버스에 몸을 실었다. 오늘 홈런을 기점으로 베이브 루스, 조시 시슬러가 그랬던 것처럼 구단과 팬들은 자신에게 타자로 전향하라고 강력히 요청할지도 모른다.

타격은 부상이 없는 왼손으로 한다. 오른손은 단지 중심을 잡아주는 역할이다. 그래서 올해 꽤 괜찮은 결과가 나온 것이다. 타율 0.312, 홈런이 48개다. 이 모든 것은 뛰어난 동체 시력에 기인한 바가 크다.

'뭐 그딴 것을 해서.'

삼열은 홈런왕 타이틀이 귀찮았다. 하지만 마리아와 전화를 하고 난 다음 생각을 고쳐먹었다.

—어머, 여보. 홈런왕 되면 작년에 못했던 CF가 몰려오지 않을까요?

"응, 그렇… 겠지?"

—네, 내 생각엔 아주 많이 몰려들 거예요. 벌써부터 샘슨 사에 광고 의뢰를 요청하는 제의가 있는 것 같아요.

"만세!"

삼열은 전화를 끊고 만세를 외치다가 목이 잠겼다. 번 돈을 잘 쓰지도 않으면서 눈에 불을 켜고 돈을 번다.

집에 돌아와 잠자리에 누워 삼열은 행복한 꿈을 꿨다. 꿈속에서 100달러짜리 지폐가 하늘에서 마구마구 쏟아져 내렸다.

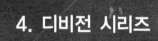

## 4. 디비전 시리즈

삼열은 마지막 두 경기를 쉬면서 그 시간 동안 가족과 함께 보냈다. 물론 밤에는 마리아와 더 깊고 그윽한 시간을 가졌다.

메이저리그 정규 시즌이 끝나자마자 신문과 매스컴은 시카고 컵스의 지구 우승에 대한 기사를 연신 토해냈다. 사람들은 만나면 온통 야구 이야기뿐이었다. 그리고 컵스가 과연 앞으로 얼마나 더 나아갈 수 있는가에 관심을 가지기 시작했다.

삼열에 대한 기사도 많이 실렸다. 사람들은 특히 투수 출신의 삼열이 홈런왕을 차지한 것에 경이로움을 느꼈다.

메이저리그 정규 일정은 10월 3일에 끝났고, 3일 쉬고 6일 부터 포스트 시즌이 치러진다.

올해 내셔널 리그 우승 팀은 동부 지구는 워싱턴 내셔널스, 중부 지구는 시카고 컵스, 서부 지구는 샌프란시스코 자이언츠, 와일드 카드로는 애틀랜타 브레이브스다.

컵스는 동부 지구 우승 팀인 워싱턴 내셔널스와 붙게 되었다. 올해 워싱턴 내셔널스는 99승 63패로 최고의 해를 보냈는데 이는 투타의 조화가 잘 이루어져서 가능했다.

특히나 젊은 선발진의 막강한 위력은 말할 필요도 없었다. 마틴 스트라우스가 18승, 네오 곤잘레스 22승, 요한 짐머딕 12승, 에드워드 리가 11승, 존 버그가 11승을 거둠으로써 선발 투수 모두 10승 이상을 이루었다. 선발진이 합해 챙긴 승수가 무려 78승이나 된다.

디비전 시리즈가 단기전인 것을 감안하면 컵스가 훨씬 불리했다. 컵스에는 확실한 투수가 벅 쇼 외에는 없기 때문이다. 비트만과 존 가일이 올해 나름 선전했지만 그들은 평균자책점이 좋지 않았다. 그리고 에이스라고 말할 수 있는 벅 쇼의 가장 큰 단점은 큰 경기 경험이 없다는 것이다.

컵스의 코칭스태프는 매일 모여 회의를 하고 상대 팀을 분석하느라 여념이 없었다. 베일 카르도 감독이 코치들을 보며 말했다.

"뭐가 가장 문제죠?"

"일단 우리 팀의 투수진과 상대 팀을 비교했을 때 너무 실력 차이가 납니다. 또한 우리 팀 선발 투수들은 많이 지쳐 있는 것도 문제고요. 반면 내셔널스는 우승이 확정된 후부터 선발진을 쉬게 했습니다. 게다가 내셔널스의 투수들은 젊기까지 합니다."

베일 카르도 감독은 샘 잭슨 코치의 말에 고개를 끄덕였다. 이미 알고 있던 바였다.

"하아, 이럴 때 삼열이 있었으면 좋았을 터인데."

"그러게 말입니다."

단기전에서 정상급 투수의 위력은 어마어마하다. 랜디 존슨이나 그렉 매덕스 같은 투수가 있으면 특별한 실수를 하지 않는 한 승리가 보장된다.

삼열이 2년 연속 메이저리그 최고의 투수라는 것을 부인하는 사람은 아무도 없다. 올해 그가 타자로 재기했지만 단기전이 펼쳐지는 이런 큰 경기에는 정상급 투수의 부재가 뼈아프게 다가왔다.

5전 3승제면 내셔널스는 마틴 스트라우스와 네오 곤잘레스가 2일 쉬고 등판할 확률이 높다. 앞이 안 보였다. 컵스 타자들의 타격은 그런대로 괜찮지만, 유독 에이스급의 투수들에게 약했던 것도 마음에 걸렸다. 베일 카르도는 나지막하게 한숨을 쉬었다.

"쉽지 않겠군!"

혼잣말로 작게 중얼거린 베일 카르도의 말에 지오 알렉산더 타격코치가 고개를 끄덕였다. 컵스가 비록 올해 지구 우승을 차지했지만 아직은 앞으로 나가기에는 시간이 더 필요했다.

"삼열이가 타자로 나간다면 제 역할을 해줄 것 같습니까?"

"그렇지가 않습니다. 공격력이야 제 몫을 해주겠지만 아직까지 수비가 서툽니다. 큰 경기일수록 수비가 더 중요한데 출전을 시키는 것 자체가 모험입니다."

"그렇긴… 하지."

베일 카르도 감독도 지오 알렉산더 타격코치의 말을 쉽게 인정했다. 큰 경기에서는 실수가 두세 개만 나와도 상대를 이기기가 쉽지 않다. 그런 이유로 삼열이 홈런왕을 확정지었음에도 불구하고 안심할 수 없는 것이다.

베일 카르도 감독이 삼열의 출전 여부를 고심하고 있는 시간에 삼열은 집에서 느긋하게 쉬고 있었다.

"여보, 우리 딸은 뭐 해?"

"조금 전에 잠들었어요."

"아, 그럼……."

줄리아는 아기라 낮잠 자는 시간이 많았다. 삼열이 마리아를 보며 미소를 짓자 마리아가 얼굴을 붉히며 고개를 숙였다.

"여보, 이리 와봐."

"아이~ 왜 그래요."

삼열이 손을 잡고 은근한 눈빛을 보내자 마리아는 그 의미를 금방 알아차렸다.

"줄리가 언제 깰지도 모르는데……."

"그러니까 깨기 전에 끝내면 되지."

삼열은 마리아를 끌어안고 키스했다. 그리고 어깨와 등, 그리고 엉덩이를 쓰다듬었다.

"아, 좋아요."

마리아가 달콤한 목소리로 말했다. 천천히 즐거움을 느끼려고 하는데 갑자기 문이 벌컥 열리더니 줄리아가 뛰어 들어왔다. 줄리아의 뒤에서는 도니와 제시가 쫄랑거리며 들어왔다.

"엄마, 뭐 해?"

얼마 전부터 말을 하기 시작하더니 간단한 말은 이제 어려움 없이 하는 딸을 보며 마리아는 난처했다.

호기심이 가득한 눈으로 바라보는 딸을 향해 애들은 몰라도 된다고 말하기도 그렇고, 그렇다고 솔직하게 말할 수도 없었다. 솔직하게 말한다고 줄리아가 이해할 나이도 아니었다.

"줄리도 이리 온."

마리아가 살짝 삼열의 몸을 옆으로 밀고는 두 팔을 벌렸다. 줄리아가 엄마의 품 안으로 파고들었다. 마리아는 딸을 안고 미소를 지으며 말했다.

"엄마는 아빠와 사랑을 했어요. 남자와 여자는 크면 사랑을 하고 결혼하게 돼요. 그런데 결혼을 하고 아기를 낳으려면 사랑을 해야 해."

"나도! 나도 사랑해!"

"그럼, 엄마도 우리 딸 사랑하지."

마리아는 줄리아를 다독이며 이런저런 이야기를 했다. 삼열은 아내의 가슴에 안겨 행복한 미소를 짓는 딸을 보며 샤워 부스로 갔다.

샤워하고 나오니 딸이 안아달라고 했다. 삼열은 줄리아를 재빨리 안았다. 그리고 발로 돼지와 강아지를 살짝 차 문밖으로 쫓아냈다. 딸의 체온을 느끼며 정말 이 조그마한 것이 지 엄마의 말을 알아들었을까, 하고 생각하다가 뺨에 뽀뽀했다.

한낮의 짜릿한 정사는 달콤했지만 난감하기도 했다.


그런데 다음 날부터 줄리아가 마리아와 같이 옷을 벗고 있으면 고개를 끄덕이며 '사랑했어?' 하고 물었다.

눈치를 보니 대충 이해를 한 듯했다. 얼마나 이해했는지는 모르지만 종종 이런 모습을 봐도 이상한 눈으로 보지 않으니

다행이었다. 확실히 마리아가 미국인이라 그런지 생각이 개방적이었다. 남녀의 사랑행위에 자유롭다는 이야기가 아니라 삶의 한 부분으로 당당하게 이야기하고 드러내 놓는 것이다.

삼열은 점심을 먹고 줄리아와 좀 놀다가 구단 연습장으로 갔다. 선수들은 이틀 후에 있을 경기로 인해 긴장한 모습이 역력했다.

컵스는 2003년, 2007년, 2008년에 지구 우승을 한 이후로 오랜만에 중부 지구 우승을 차지하였다. 모두 즐거워하면서도 디비전 시리즈에서 맞붙게 될 워싱턴 내셔널즈에 대해 모일 때마다 이야기했다.

자신감은 충만하지만 선발 투수진에서 너무 밀리다 보니 아무래도 이야기가 긍정적이지만은 않았다. 특히나 삼열을 보고 출전하지 못하게 될지도 모른다는 말을 레리 핀처가 해줬다.

"코칭스태프에게 들은 이야기야. 단기전에는 수비가 중요해서 말이지."

"이해해요."

삼열은 무덤덤하게 이야기를 들었다. 자신이 생각해도 디비전 시리즈에 컵스가 좋은 성적을 내기는 힘들었다. 마틴 스트라우스와 네오 곤잘레스를 이길 방법이 없는 것이다.

단기전에서 투수는 무조건 전력투구하게 된다.

정규 시즌에는 시즌 내내 많은 경기를 해야 하므로 체력 안배를 해야 하지만 단기전은 그럴 필요가 없다. 지면 내일이 없으므로 한 경기 한 경기 최선을 다하는 것이다.

그런 경기에서 작은 실수는 만회할 수 없는 결과를 때로는 만든다.

삼열은 처음 맞이하는 포스트 시즌 진출 그 자체만으로도 충분히 흥분되었다. 하지만 타자로서 출전하는 것은 원하는 바가 아니었다. 그가 메이저리그에서 원하는 것은 투수다. 그의 꿈은 월드 시리즈 마운드에서 상대 타자들을 제압하고 우승하는 것이다.

월드 시리즈 우승.

모든 선수의 꿈이다. 모든 사람이 월드 시리즈 우승 반지를 가지길 원하지만 정상에는 오직 한 팀밖에 올라가지 못한다.

삼열은 이를 악물고 내년에는 반드시 투수로 재기해 월드 시리즈를 제패할 생각을 했다.

그런데 당장 내년에 월드 시리즈에서 우승하고 반지를 갖고 싶다면? 양키스로 이적하면 된다. 30개의 메이저리그 구단 중 양키스야말로 가장 높은 확률을 가졌으니 말이다.

삼열은 요기 베라나 조 디마지오만큼은 아니라도 우승 반지를 가지고 싶었다. 우승 반지는 모든 선수의 꿈이니까. 요기 베라는 열 개, 조 디마지오는 아홉 개의 우승 반지를 가지고 있다.

하지만 배리 본즈, 테드 윌리엄스, 새미 소사는 그 뛰어난 명성에도 불구하고 단 한 개의 반지도 가지지 못했다. 우승 반지는 단순히 실력이 있다고 얻을 수 있는 것이 아니다.

메이저리그의 정상급 선수들이 팀을 이적하는 가장 큰 조건 중 하나는 우승 가능성이다. 그렉 매덕스가 양키스를 거부하고 애틀랜타 브레이브스를 선택한 이유는 월드 시리즈 우승 때문이었다. 양키스는 브레이브스보다 무려 600만 달러를 더 지불한다고 제시했었다. 하지만 애틀랜타 브레이브스가 그때에는 우승의 문에 더 가까이 있었다.

즉, 그렉 매덕스가 애틀랜타를 선택한 이유는 돈이 아닌 명예 때문이었다. 박찬호도 은퇴하기 전에 우승 반지를 몹시도 가지고 싶어 했다. 그래서 그는 양키스에서 불펜투수로 뛰기도 했다.

삼열은 워싱턴으로 가는 비행기에 몸을 실으며 눈을 감았다.

'내가 과연 내셔널스 파크에서 뛸 수 있을까?'

삼열은 피식 웃었다. 뛰면 어떻고 아니면 또 어떤가. 투수를 포기하지 않은 상태에서 타자로 출전하는 것에 큰 의미를 둘 수는 없다. 월드 시리즈라면 또 모르지만 말이다.

"은근히 떨리네. 삼열, 넌 어때?"

"나도 좀 떨려."

로버트가 처음으로 포스트시즌에 진출한 것에 기대감을 나타냈다.

삼열은 호텔에 짐을 풀고 연습장에서 가볍게 배팅을 하고 돌아와 일찍 잤다.

*　　　　*　　　　*

10월 6일. 드디어 디비전 시리즈의 첫날이 밝아왔다. 거리에는 온통 경기에 대한 이야기가 가득했고 워싱턴의 언론들도 오늘 경기에 대해 크게 보도했다.

삼열은 경기 전에 감독으로부터 선발 출장을 한다는 통보를 받았다. 의외였다. 큰 경기라 수비력이 뛰어난 빅토르 영이 출전할 것으로 생각하고 기대하지 않고 있던 삼열은 감독의 말을 듣고 갑자기 기분이 좋아졌다. 사실 그도 크게 기대를 하지 않고 있었지만, 이렇게 멋진 축제에 빠진다는 것은 기분 좋은 일이 아니다.

'이번에는 팀에 도움이 되는 타격을 해야겠군!'

삼열은 그동안 투구 훈련 시간을 뺏기기 때문에 타석에 서는 것을 싫어했지만, 그래도 이렇게 큰 경기에 나갈 수 있게 되자 기분이 날아갈 듯 좋았다. 그래서 오늘은 져도 그만, 이

겨도 그만인 그런 게임이 아니었다. 반드시 이겨야 하는 게임이 되었다. 삼열은 주먹을 꼭 쥐고 결심했다.

'반드시 치고 말 거야.'

삼열은 벤치에 앉아 입장하는 관중들을 바라보았다. 깔끔하고 깨끗한 내셔널스 필드를 보는 순간부터 피가 뜨겁게 끓어올랐다. 내셔널스 필드는 시간이 지날수록 관중들이 많이 들어왔다.

그리고 마침내 경기가 시작되었다.

삼열이 천천히 걸어서 타석에 들어섰다. 역시나 예고된 대로 선발투수는 마틴 스트라우스였다.

그는 삼열이 등장하기 전에 메이저리그에서 가장 빠른 공을 던지는 투수였다. 이후에 삼열과 아롤디스 채프먼이 170㎞/h를 던지게 되었음에도 그의 입지는 전혀 줄어들지 않았다.

강속구를 던지는 그는 변화구와 구속을 조절하게 되면서 이전과는 전혀 다른 투수가 되었다. 인버티드 W의 폼으로 투구하는 그는 그동안 구단으로부터 철저한 관리를 받아왔기에 아직도 던질 여력이 많이 남아 있었다.

삼열은 보호 장비를 착용하고는 빙그레 웃었다. 마운드에서는 마틴 스트라우스가 그런 삼열을 마주 바라보았다. 그는 와인드업 후에 바로 공을 던졌다. 공이 칼날처럼 예리하게 휘어져 들어왔다.

펑.

"스트라이크!"

삼열은 배트를 휘둘렀지만 허공을 갈랐다.

'저 녀석은 여전히 굉장하군!'

마틴 스트라우스의 공은 단순히 빠르기만 한 것이 아니라 제구까지 잘되었다.

비록 공 하나를 던졌을 뿐이지만 느껴지는 위압감은 굉장했다. 실투가 아니면 공략이 쉽지 않아 보였다. 삼열은 배트를 고쳐 잡고 공이 날아오는 것을 보며 가볍게 쳤다. 공은 파울 라인을 따라 데굴데굴 굴러갔다.

'긴장하게끔 해주지.'

삼열은 그동안 루크 애플링 놀이를 그만두었지만, 그렇다고 나쁜 공을 치지는 않았다. 좋은 공을 줄 때까지 기다리거나 좋은 공을 주도록 만들어 홈런을 치기도 했다. 물론 후반기에 들어 이것도 시들해지기는 했지만 오늘 같은 큰 경기는 또 다른 이야기다.

베일 카르도 감독은 타석에서 배팅을 시도하는 삼열을 초조한 눈으로 바라보았다.

비록 삼열이 수비 실력은 그다지 좋지 않지만 홈런왕을 첫 경기에서부터 뺀다는 것은 말이 안 되었다. 그래서 모험을 했다.

'제발 안타를 쳐!'

베일 카르도의 기도가 통했는지 삼열이 공을 톡톡 커트하더니 6구째 외야로 빠지는 깊은 공을 때렸다. 삼열은 번개처럼 달렸다.

하지만 1루에 있는 주루 코치가 2루로 뛰는 것을 말렸다. 1루에서 보니 중견수가 이미 공을 잡아 2루에 송구하고 있었다. 그대로 뛰었다면 아웃되었을 그런 뛰어난 수비였다. 확실히 큰 경기라 그런지 내셔널스의 수비는 아주 탄탄했다.

삼열은 마틴 스트라우스를 바라보았다. 화가 났을 텐데도 억지로 웃으며 다음 투구를 준비하고 있었다.

이제 뛸지 말지를 결정해야 할 시간이 다가왔다. 마틴 스트라우스가 강속구 투수라 대부분의 주자는 도루에 대한 부담감에 시달린다. 물론 삼열도 예외는 아니다.

'이제 어떻게 한다?'

삼열은 1루에서 보호구를 벗으며 생각했다. 마틴 스트라우스, 제구력에 강속구마저 가진 투수다. 빠른 직구와 커브, 체인지업이 일품인 선수.

그런 투수를 상대로 삼열이 안타를 칠 수 있었던 것은 수싸움에서 이겼기 때문이다. 초구에 빠른 직구가 오자 삼열은 본능적으로 다음 공이 체인지업이라는 것을 알았다. 강속구 투수가 아니면 알 수 없는 사실 중 하나는 파이어볼러도 강속구를 던지는 것을 꺼린다는 사실이다.

여기에는 두 가지 이유가 존재한다.

첫째는 빠른 공은 느린 공보다 투수의 몸에 무리를 준다는 점이다. 회복 훈련과 적정 투구수를 지켜준다면 물론 문제가 되지 않는다. 그런데도 빠른 공을 많이 던지고 나면 몸의 회복이 늦어진다.

두 번째는 빠른 공은 많이 노출되면 될수록 상대 타자들이 그 공에 적응된다는 것이다.

적응하게 되면 빠른 공도 메이저리그에서는 쉽게 난타당하고 만다. 그래서 빠른 공 다음 느린 체인지업을 많이 선호한다. 빠른 공 다음에 들어가는 느린 체인지업이 타자의 타이밍을 뺏을 뿐만 아니라 결정구로 던지게 될 빠른 공에 대한 위력을 더욱 증가시키기 때문이다.

따라서 강속구 투수가 꼭 배워야 하는 것은 타이밍을 뺏는 브레이킹 볼이다.

야구는 타이밍 싸움이다. 아무리 빠른 공이라도 타자의 타이밍에 맞으면 맞을 수밖에 없다.

삼열은 나지막하게 한숨을 쉬며 마틴 스트라우스의 타이밍을 빼앗기 위해서는 주루플레이로 뒤흔들 필요가 있다고 생각했다. 지금은 그동안 자제해 왔던 도루를 할 타이밍이었다. 그렇다면 상대 투수가 예측하지 못하는 시점에서 해야 한다.

지금이 바로 그때다.

마틴 스트라우스는 1루 쪽을 흘깃 쳐다보았다.

주자는 1루 베이스의 발판을 밟고 있었다. 보니 도루에 대한 의지가 없어 보였다. 하지만 도루가 아주 많은 주자였다. 게다가 투수가 예상하지 못한 타이밍에 하곤 했다. 그래서 신경이 더 쓰였다.

그는 견제구 하나를 던져볼까 하다가 주자가 1루 발판을 밟고 있어 무시하고 타자에게 공을 던졌다. 공이 빠르고 낮게 들어갔다.

펑.

"스트라이크."

포수 윌리 라모스가 벌떡 일어나 2루로 송구했지만 간발의 차이로 늦고 말았다.

"와아!"

"굉장해!"

도루는 전광석화처럼 빠르게 일어났다. 투수가 와인드업하여 공을 던지려고 하는 타이밍에 1루 베이스에서 세 발짝 나오더니 공이 투수의 몸에서 떨어지는 순간 바로 2루로 뛰었던 것이다. 2루수조차 예상하지 못한 일이라 백업이 늦었다.

포수 윌리 라모스는 입을 벌리고 잠시 그대로 서서 2루를 바라보았다. 거기에 삼열이 서서 미소를 짓고 있었다.

라모스는 한때 고국인 베네수엘라에서 금품을 노린 괴한에게 납치되었다가 이틀 만에 무사히 구조되었다. 그는 그때 받은 심적 고통으로 한동안 슬럼프에 빠졌었다. 그리고 올해도 슬럼프에서 벗어나지 못하고 있었다. 그래서 그가 올해 출전한 경기는 불과 32개밖에 되지 않았다.

그래서 내셔널스는 다른 팀과 달리 포수의 수를 기형적으로 세 명이나 엔트리에 넣고 시즌을 보냈다. 그래도 시즌 막판에 다시 예전의 실력이 되살아나 내년에는 주전으로 뛸 것이 확실했다.

2루에서 삼열은 고개를 좌우로 흔들었다. 2번 타자인 스트롱 케인이 배트를 휘두르지 않아 2루로 뛸 때 조금 무리를 해서인지 오른쪽 발목이 시큰하게 아려왔다. 좌우로 발목을 돌려보아도 통증이 가라앉지 않았다.

'젠장!'

발목이 겹질린 모양이었다. 더 이상 도루를 하기에 무리라는 생각이 들었다. 그래서 그는 오히려 리드 폭을 크게 했다. 발목이 정상이었다면 하지 않을 행동이었다.

삼열의 의도가 통했는지 견제구가 들어왔다. 그때마다 삼열은 재빠르게 귀루했다. 투수가 2루를 견제하는 것은 상당히 어렵다. 사인이 맞지 않으면 공을 그대로 뒤로 빠트릴 확률이 상당히 높아 견제하는 경우가 많지 않았다.

즉, 투수가 견제하려고 몸을 뒤로 돌렸을 경우 2루수는 2루 베이스를 밟고 있어야 한다. 투수가 이를 확인하려고 멈칫하면 그사이 주자는 귀루를 하여 잡을 수 없게 된다. 따라서 2루 주자는 포수가 견제하는 것이 더 합리적이다. 하지만 그렇게 되어도 주자가 넋 놓고 있지 않는다면 바로 귀루를 하므로 잡을 수 없다.

이렇게 삼열이 몇 차례 투수의 정신을 산만하게 만든 덕분에 스트롱 케인은 마틴 스트라우스의 빠른 공을 노리고 쳤다. 공이 3루 라인을 타고 깊게 굴렀다. 삼열은 달리고 달렸다. 달리는 사이에 오른쪽 발목의 고통을 느꼈지만 무시했다.

그는 홈 베이스를 밟고 더그아웃으로 들어가기 전에 바닥에 주저앉아 팀 닥터가 오기를 기다렸다. 팀 의료진이 발목에 스프레이를 뿌린 후 간단한 진통제를 처방해서 줬다. 물론 도핑테스트에 걸리지 않는 약이다.

더그아웃의 의자에 앉자 여전히 발목이 욱신거렸다. 그렇게 5분여가 지나자 진통제의 효과가 나타났는지 통증이 사라졌다.

베일 카르도 감독은 걱정스러운 눈으로 삼열을 바라보았다. 삼열은 타자로서 출전해 항상 제 몫을 해주었다. 만에 하나라도 큰 부상을 입게 된다면 그 비난의 화살이 모두 자신에게 날아올 것이다.

팀 닥터가 다가와 인대가 약간 늘어난 것 같다고 보고했다. 봐서 부상이 심해지면 교체를 해야 할 것이라고 말하자 베일카르도 감독은 고개를 끄덕이며 수용했다.

베일 카르도 감독은 삼열을 경기에 출전시키는 것은 양날의 검이라고 생각했다. 홈런 타자라 출전을 보류할 수도 없지만 취약한 수비력이 문제였다. 그래서 시즌 내내 승패가 조금이라도 결정 난 것 같으면 바로 교체를 하곤 했다.

타자로 완전히 전향하게 되면 정말 좋은데, 만약 그렇게 되면 컵스의 타선은 공포 그 자체가 된다. 하지만 한 해 24승이나 거두는 투수를 포기하는 것도 있을 수 없는 일이었다. 컵스에 투수 자원이 많은 것도 아니고.

'빌어먹을!'

베일 카르도는 애꿎은 해바라기 씨를 씹으며 마음을 달랬다.

장영필은 오랜만에 방송하고 있었다. 삼열이 부상을 입고 난 후에 방송 편성에 문제가 생겼다. 삼열이 타자로 출전하게 되자 사람들의 관심도가 떨어진 것이다.

5일 만에 하루 방송하는 것과 매일 방송하는 것은 전혀 다른 문제니까. 그래서 5일마다 방송을 잡았는데 그럴 때에 삼열이 출전하지 않는 날도 있어 방송이 들쭉날쭉해졌다.

즉, 시합 하루 전에야 삼열이 출전하는지 아닌지를 알 수 있게 되어 방송하기가 매우 어려워진 것이다.

그런데 오늘은 컵스가 디비전 시리즈에 진출하게 되어 다섯 게임 모두 방송을 하려고 했는데 삼열이 부상을 입은 것 같았다. 장영필은 마음속으로는 많이 걱정되었지만 이를 말하지 않고 차분하게 멘트를 했다.

─삼열 선수가 뛰다가 겹질린 것 같은데요, 어떻습니까?

장영필 아나운서의 말을 송재진 해설 위원이 바로 받았다.

─그렇습니다. 도루하면서 발목에 무리가 간 모양입니다. 이런 경우를 대비하여 타자가 배트를 휘둘러 줘야 합니다. 그런데 예고 없는 도루라 스트롱 케인이 미처 예측하지 못한 듯합니다. 하지만 어찌 보면 스트롱 케인 선수의 실수입니다. 큰 경기이니 좀 더 집중을 했어야 했는데 그렇게 하지 못한 것 같군요. 발이 빠른 선수가 주루에 나가 있으면 언제든지 뛸 수 있다는 것, 그리고 뛰는 것을 보면 일부로 배트를 크게 휘둘러 줘야 상대 포수가 수비하는 데 어려움을 느끼는데 이번에는 라모스 선수가 2루로 편안하게 송구를 했죠.

─아, 삼열 선수 리드 폭이 큰데요.

—하하, 저런 리드폭이라면 수비 교란을 목적으로 하는 것 같습니다. 투수가 견제구를 던지면 빠르게 귀루를 하지 않습니까?

—아! 스트롱 케인 선수, 쳤습니다. 3루 쪽 라인을 따라 날아가는 좋은 안타입니다. 삼열 선수 홈으로 들어왔습니다. 시카고 컵스, 1회 초에 선취 득점합니다. 그런데 문제가 있는 모양이네요. 삼열 선수 바닥에 주저앉고 있습니다.

—아마도 부상을 입은 것 같군요. 팀 의료진이 치료를 시도하지만 부상이 아니기를 바랍니다. 이, 그런데 불행하게도 부상인 것 같네요. 삼열 선수 다음 수비에 나오지 못하는 것이 아닌지 모르겠습니다.

무사 2루에 1득점 상황이라 마틴 스트라우스는 몹시 곤혹스러워하고 있었다. 이게 모두 다 삼열 때문이었다. 도루한 후에 견제구를 계속 던지게끔 유도하니 정신이 산만해진 탓이었다.

그렇다고 주자 견제를 안 할 수는 없었다. 삼열은 발이 엄청나게 빨랐기 때문이다.

3번 타자로 레리 핀처가 타석에 들어섰다. 뉴욕 양키스에서 데뷔한 그는 텍사스를 거쳐 컵스에 왔다. 그는 올해 홈런이 32개로 존리보다도 더 많았다. 제2의 전성기가 늦은 나이에 찾아온 것이다.

"어때? 참을 만해?"

"약을 먹었으니까 괜찮아지겠지."

삼열은 주위에서 걱정해 주는 말에 고마움을 느끼며 대답했다. 무리했지만 덕분에 1득점을 했으니 만족스러웠다.

삼열은 레리 핀처가 타석에 들어섰을 때 왠지 느낌이 좋았다. 뭔가 한 방을 때려줄 것 같은 느낌이 들었다.

올해 레리 핀처는 정말 필요할 때 한 방을 때렸었다. 정규 시즌에서 안타 143개를 치고 타율은 0.278이었다. 하지만 그 중 홈런은 32개로 굉장히 내용이 좋았다.

그때였다.

딱.

삼열은 소리를 듣고 벌떡 일어나 그라운드를 바라보았다. 삼열뿐만 아니라 대부분의 선수가 더그아웃에서 일어났다.

공이 가볍게 펜스를 넘어가 버렸다. 레리 핀처가 두 손을 번쩍 들고 뛰었다.

"와우! 대단한데."

"그레이트!"

레리 핀처의 2점 홈런에 컵스의 팬들은 환호를 질렀다. 원정경기에서 선취점을 얻었다. 그것도 노 아웃에 3점이나. 더욱이 상대는 에이스 마틴 스트라우스였다.

마틴 스트라우스는 마운드에서 고개를 숙이고 생각에 잠겼다. 생각 없이 던진 공이 펜스를 넘어가자 라모스 포수가 올라왔다.

"괜찮아?"

"어, 괜찮아. 실투였어."

"네 공에 자신감을 가져. 나쁘지 않아. 넌 잘할 수 있어. 넌 마틴 스트라우스잖아!"

마틴 스트라우스는 라모스의 격려에 힘이 났다. 잠시 예기치 못한 상황에 정신을 차리지 못하고 헤맨 것이 문제였지만 마음을 가라앉히자 머리가 맑아졌다.

이제는 똑같은 실수를 하지 않으리라 결심을 하며 공 한 개도 신중하게 던졌다.

펑.

"스트라이크."

펑.

"스트라이크."

마틴 스트라우스는 신들린 것처럼 공을 던졌다.

그의 호투 덕분에 컵스의 타자들은 단 한 명의 안타를 치지 못했다.

마틴 스트라우스는 더그아웃에 앉아 자신의 어리석음을 질책했다. 디비전 시리즈에 흥분했다. 이런 큰 경기에 익숙하지 못해 당황한 탓이 컸다. 이제는 그런 바보 같은 짓을 절대 되풀이하지 않겠다고 주먹을 불끈 쥐며 결심했다.

삼열은 천천히 걸어 우익수 위치에 자리를 잡았다. 컵스의 투수는 벅 쇼였다. 벅 쇼는 마운드에 서서 차분하게 공을 던졌다.

신인답지 않게 그는 노련하게 공을 던지며 타자를 요리했다. 덕분에 1회에는 세 명의 타자를 범타로 처리할 수 있었다.

이후 두 팀 간에는 지루한 공방이 계속되었다. 내셔널스는 1회에만 점수를 내줬을 뿐 더 이상 기회를 주지 않았다. 컵스의 투수 역시 노련하게 경기를 이끌었다.

따악.

삼열은 자신의 앞으로 날아오는 공을 잡기 위해 스타트를 끊었다. 갑작스런 스타트라 발목이 욱신거렸다. 날아오는 공을 잡고 쓰러지면서 발목이 엉켰다. 삼열은 두 번이나 앞으로 구르고 멈췄다. 일어서려는데 발목이 시큰거렸다.

마치 바늘로 콕콕 쑤시는 듯한 통증이 연달아 오자 삼열은 참지 못하고 교체 사인을 냈다. 팀 의료진이 올라와 삼열을 부축해 그라운드 밖으로 데리고 나갔다. 빅토르 영이 급히 우익수 자리로 들어갔다.

"어때? 여기, 이곳 아파?"

의료진이 삼열의 발목을 잡아 이곳저곳을 누르며 반응을 지켜보았다. 진통제를 먹은 탓에 가만히 있으면 크게 아픈 부위는 없었지만 걸을 때는 욱신거렸다. 의료진은 다시 스프레이를 뿌리고 테이핑을 해줬다. 그러자 발을 움직이는 것이 한결 나아졌다.

내셔널스의 공격이 집중되었다. 역시 빅토르 영은 자신 앞으로 날아오는 공을 차분하게 받아 처리했다. 삼열이 더그아웃에서 쉬면서 보니 만약 자신이 계속 우익수를 맡아서 수비했다면 점수를 내줬을지도 모를 만큼 빅토르 영에게 날아가는 공이 많았다.

'정말 빠진 것이 다행일 정도로 적절한 타이밍이었네.'

삼열은 공을 쉽게 잡아 아웃 카운트를 늘리는 빅토르 영을 보며 내년에는 다시 투수로 마운드에 설 수 있을까 생각했다. 타격이 좋은 이유는 강화된 육체 때문에 유난히 시력이 좋아서였다. 동체 시력이 좋다 보니 안타를 치는 것이 쉬웠던 것이다.

9회 말. 3 : 1 상황에서 카를로스 마몰이 나왔다.

마몰은 올해 혹독한 시련의 시간을 보내야 했다. 그는 마무리 투수로서는 거의 치명적인 3.80의 자책점을 가지고 있다. 마무리라고 볼 수 없을 정도로 초라한 성적이다. 하지만 컵스로서는 적절한 마무리를 찾기 힘들었고, 다행스럽게도 후반기 들어 그의 성적도 좋아지고 있었다.

컵스가 지구 우승을 했지만 월드 시리즈에 진출할 전력이 안 되는 것은 너무나 확실하여 선수를 보충하지 않은 것도 있었다. 아직 존스타인이 공언한 그의 시간이 오지 않은 것이다.

그는 언제나 시간이 날 때마다 우리는 분명히 앞으로 나아가고 있다고 말했다. 그가 원하는 것은 브랜치 리키(Wesley Branch Rickey)식의 변화였다. 느리지만 점진적인 진보. 브랜치 리키는 팜을 키우고 거기서 키운 선수를 메이저리그로 올려 월드 시리즈에서 세 번이나 우승시켰다.

존스타인이 본 컵스는 단순하게 운이 없어서 월드 시리즈 우승하지 못한 것이 아니었다. 보다 근본적인 이유, 실력이 없었다. 월드 시리즈에 진출하려면 보다 긴 안목이 있어야 한다.

컵스에는 지금보다 더 많은 선수가 필요했다. 2진급 선수들의 보충 없이 그 긴 장정에서 승리하기란 거의 불가능에 가깝다.

존스타인은 더그아웃에서 멍하게 그라운드를 바라보는 삼열을 보며 미소를 지었다. 그는 삼열이 다시 메이저리그 최고의 투수로 거듭나야 컵스에 희망이 보인다고 생각했다.

컵스는 자신의 계획대로 아주 천천히, 그러나 견고하게 앞으로 나아가고 있었다. 그 중심에 삼열이 있었다.

"천재인가, 아니면 영웅인가? 그것이 문제로다."

존스타인은 마롤이 아웃 카운트를 잡아가는 것을 보며 소리를 질렀다.

"예스, 바로 그거야!"

경기가 끝났다. 원정 1차전은 컵스의 승리로 끝났다. 컵스의 선수들은 좋아 소리를 지르고 만세를 불렀다. 하지만 컵스에 허락된 행운은 딱 거기까지였다. 1차전 승리 후에 내리 세 번을 진 것이다.

네오 곤잘레스가 나온 경기에서 7 : 0으로 지면서 어두운 그림자가 드리우더니 4차전에 다시 나온 마틴 스트라우스에게는 5 : 1로 졌다.

삼열은 나직한 한숨을 쉬며 초라한 성적을 겸손하게 받아들였다.

디비전 경기가 완전히 끝났다. 삼열은 구단의 연습장에 나와서 멍하게 있었다. 모든 것이 꿈만 같았다.

1차전의 승리가 가져다준 짜릿한 승리감을 제대로 만끽하기도 전에 거듭 찾아온 패배가 정신을 차리지 못하게 만들었다.

샘 잭슨 투수코치가 그런 그를 다독이면서 한마디 했다.

"이제 진짜 너의 모습을 팬들에게 보여줘야지."

삼열은 그의 말을 듣고 고개를 끄덕였다. 어차피 올해는 기대하지도 않았었다. 내년에는 달라지리라.

삼열은 이를 악물고 연습에 연습을 거듭했다. 왼손으로 던지는 것이 점점 자유로워지면서 구속도 늘어나기 시작했다.

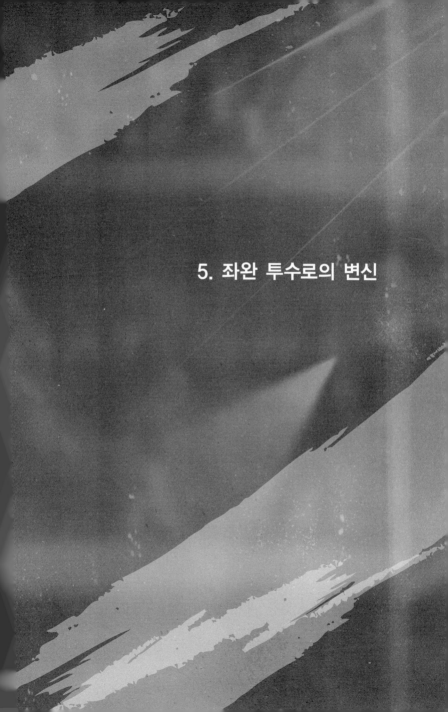

# 5. 좌완 투수로의 변신

시카고에 겨울이 찾아왔다. 올해는 작년과 달리 눈이 많이 와 줄리아가 마당에서 놀다가 감기에 걸리기도 했다. 쌓이는 눈에 도시는 마비되고 전기도 끊기는 사고가 발생해 미국이 발칵 뒤집어졌다.

겨울은 자신의 위대함을 찬란하게 노래했고 덕분에 사람들은 추위에 떨어야 했다. 겨울은 춥고 또 추웠다.

하지만 삼열은 집에서 연습에 연습을 거듭했다.

왼손으로 공을 던진다는 것은 그에게 새로운 시작을 의미했다. 그 시작이 느리고 느려 숨이 막힐 것 같았지만 차분하게 앞으로 밀고 나갔다. 그러자 변하지 않을 것 같은 세계가 매우 빠르게 변하기 시작했다.

삼열은 마침내 왼손으로 자유롭게 던질 수 있는 투수가 되었다.

그는 직구의 스피드뿐만 아니라 제구력을 가다듬기 시작했다. 오른손은 여전히 예전의 모습을 보이지 못했다. 만약 몸에 신성석이 남았다면 이런 일은 발생하지 않았을 것이지만 꾸준하게 재활 훈련을 하고 있어 곧 오른손도 좋아질 것이라고 믿었다.

예전에 오른손으로 공을 던질 때 왼손도 같이 훈련했기에 좌완 투수가 되는 것이 상대적으로 쉬웠으니 이번에는 오른손 훈련도 하루도 빼놓지 않고 하였다.

겨울은 추웠지만 삼열에게는 행복한 시간이었다. 딸이 건강하게 커가는 모습을 지켜보았고, 또한 좌완 투수로의 변신을 성공적으로 마쳤기 때문이다.

구단과의 연봉 협상은 느리게 진행되었다. 삼열이 타자로 작년에 거둔 성적이 연봉 협상의 기준이 되지 못한 탓이었다. 투수를 한다고 삼열이 주장해서 연봉의 기준을 잡아야 할 시기가 2승 후 시즌 아웃된 그해였기 때문이다.

삼열은 묵묵히 샘슨 사에서 나온 직원의 이야기를 들었다.

"그러니까 올해 컵스는 연봉을 올려줄 수 없다, 이건가요?"

"네, 타자로 나올 것도 아니고 해서⋯⋯. 이런 경우는 매우 드문 경우라 저희도 곤란함을 느끼고 있지만 이는 구단의 명백한 횡포입니다. 물론 컵스가 주장하는 자료도 말도 안 되는 엉터리이고요."

삼열은 샘슨 사의 직원인 사무엘 잭슨의 말을 듣고 기분이 상했다.

온갖 이유를 들어 타석에 세울 때는 언제고 이제 와서는 안면을 몰수하니 어이가 없었다. 어떻게 이렇게 구단이 바보 같은 일을 하는지 이해가 가지 않았다. 단지 연봉을 낮추려고 꺼내든 카드인지 아니면 진심인지조차 헷갈렸다. 그만큼 말도 안 되는 주장이었다.

"흠, 그럼 이렇게 하세요. 그냥 연봉 조정 신청을 하시고 시즌이 끝나면 트레이드시켜 달라고요."

"⋯네?"

"제가 딱히 컵스에 애정이 있는 것도 아니고, 구단이 요구한 대로 뛰어서 작년에 중부 지구 우승까지 하지 않습니까? 그런데 작년에 올린 타자의 성과를 올해 연봉 협상에 연결시킬 수 없다고 하면 장난하자는 거지요. 제가 발표할까요?"

"아닙니다. 그렇게 하시면 선수의 이미지만 나빠집니다. 특히 트레이드나 이적은 팬들이 가장 민감하게 반응하는 것이라 회사가 언급하는 것이 낫습니다. 하하, 그러라고 저희가 있는 것 아닙니까?"

"그건 그렇죠. 그럼 적당한 연봉을 정해서 조정 신청을 하세요."

"알겠습니다."

사무엘 잭슨은 삼열의 말을 듣고 빙그레 웃었다. 컵스가 갑의 위치를 이용하여 아주 말도 되지 않는 주장을 하고 있다. 작년에 타자로 뛴 것은 전적으로 구단의 요청에 의한 것이다.

삼열—스트롱 케인—레리 핀처—존리—헨리—로버트로 이어지는 막강한 타선은 컵스를 중부 지구 1위로 만들었다. 그런데 단물만 빼먹고 버리려고 하는 것이다.

문제는 그 상대가 삼열이라는 것이었다. 컵스에서 가장 사랑받는 선수에게 말도 안 되는 소리를 하고 있다.

샘슨 사는 구단이 작년의 성과를 연봉에 연결하지 않으려고 한다는 내용의 글을 발표했다. 그러자 엄청나게 많은 사람이 반응을 보였다. 그렇게 열심히 영웅 만들기를 시도해 놓고는 돈을 지불할 때는 입을 싹 닦는 컵스의 이상한 행동은 많은 사람에게 조롱거리가 되었다.

새로운 시스템을 컵스에 도입하고 있는 존스타인이 지나치게 타이트하게 운용을 하다 보니 마땅히 지급해야 할 돈을 이런저런 핑계로 거부하고 있는 것이었다.

하지만 삼열은 결코 착한 사람이 아니다. 샘슨 사가 삼열이 괜찮은 구단이 트레이드 요청을 해온다면 받아들일 용의가 있다는 내용을 발표하자 컵스는 발칵 뒤집혔다. 구단의 단장, 감독, 사장뿐만 아니라 구단주까지 전화를 걸어왔다.

컵스는 요동쳤다.

돈을 아끼려다가 팬들에게 가장 사랑받는 선수의 마음을 잃은 것이다. 팬들의 항의 전화로 컵스의 업무는 마비될 정도였다. 그리고 수많은 구단이 한꺼번에 트레이드 요청을 해왔다.

존스타인은 허탈한 표정으로 앉아 있었다. 물론 자신이 만든 자료에 의해 연봉이 책정되었지만 이것을 그대로 적용한 것이 문제였다.

사실 존스타인은 선수의 이름값에 대한 대우를 별도로 하지 않는다. 그는 아직 삼열과 연봉 협상이 제대로 시작되지 않은 상태라 별로 신경을 쓰지 않고 있었는데 에이전시가 재빠르게 행동을 취한 것이다.

"젠장, 빌어먹을!"

존스타인은 멍청한 실무진을 탓하면서 위스키를 마셨다. 입이 텁텁하고 썼다. 술을 거푸 마셨더니 알딸딸한 취기가 올라오자 화가 더 났다.

"아니, 그래도 그렇지! 홈런왕을 차지한 녀석에게 250만 달러를 제시하면 어쩌라는 거야."

단장의 역할도 하는 그로서는 답답하기 그지없었다. 전년도 홈런왕을 이룬 타자로서의 업적을 모조리 부인하고 250만 달러를 제시했으니 해당 선수가 화가 나는 것은 당연한 일이었다.

"휴~ 한동안 시끄럽겠군."

삼열이 구단에서 제시한 통계 자료를 무시하는 것은 당연했다. 그는 구단이 제시한 통계 자료를 신뢰하지 않았다. 그것은 구단이 협상에서 유리한 고지를 점령하기 위해 제시하는 술책일 뿐이니까.

삼열은 구단이 FA 자격을 갖추지 못한 선수라는 것을 감안해도 최소 500만 달러 이상을 제시했어야 했다고 생각했다. 터무니없이 적은 금액은 선수뿐만 아니라 팀의 사기를 떨어뜨린다.

"트레이드 이야기는 빈말이기를 바라야지."

존스타인은 서류를 뒤적이며 혼잣말로 중얼거렸다. 삼열은 어떠한 경우에도 다른 구단으로 넘겨줄 수 없는 선수였다. 만약 다른 팀에 넘겨주게 된다면 날카로운 창이 되어 컵스를 침몰시킬 것이 뻔했다.

그래서 현재 투수로서 객관적인 능력을 검증하지 못했다고 하더라도 트레이드 따위에 절대 동의할 수 없었다. 문제는 지나치게 구단이 인색한 모습을 선수에게 보였다는 점이다.

선수들이 양키스를 선호하는 이유는 우승 가능성이 가장 높은 팀이라서이기도 하지만 무엇보다 연봉이 후하기 때문이다.

이 구단에서 뛰면 백만 달러를 주는데 다른 구단에서는 2백만 달러를 준다면 선수들은 당연히 후한 구단을 선택하고 싶어진다.

컵스가 리빌딩 작업을 하면서 인색하게 예산을 책정한 것이 이번에 문제가 되었다. 존스타인은 물론 리빌딩 작업을 마치면 돈 보따리를 풀어 유능한 선수를 스카우트할 생각이었다.

그는 예전에 레드삭스에서도 과감한 베팅을 했다. 하지만 투자 대비 효과는 거의 없었다는 결과가 심리적으로 그를 압박했다. 그러기에 이번에는 좀 더 신중하게 할 생각이었지만, 그렇다고 무턱대고 돈을 아낄 생각은 아니었다. 컵스는 돈이 궁한 구단은 절대 아니다. 오히려 넘친다.

컵스는 다급해졌다. 다년 계약을 맺자고 제안해도 번번이 거절해서 속을 썩이더니 이번에는 구단이 제안한 연봉 액수에 대해 콧방귀도 뀌지 않았다.

다만 에이전트사가 트레이드를 원한다는 글을 짤막하게 언급했을 뿐인데도 열 개 구단에서 연락이 왔다. 그중 양키스와 레드삭스, 그리고 다저스 등 돈 많은 구단은 모두 신청을 하였다. 이대로 가면 3년이 지나 타 구단에 삼열을 빼앗길 것이 확실했다.

"하아, 곤란하군."

존스타인은 나지막하게 한숨을 내쉬었다. 일이 어떻게 돌아가는지 도무지 감이 오지 않았다. 물론 앞으로 3년간은 문제가 없다. 하지만 그 이후가 문제였다.

"젠장, 빌어먹을!"

그는 자신이 직접 연봉 협상에 관여했어야 했다는 생각을 지울 수 없었다. 장기 계약에 사인하지 않아 마음을 졸이다가 잠깐 다른 업무를 하다 보니 일이 터진 것이다.

컵스는 연봉 협상을 할 때 1차로 실무진과 에이전트가 만나 서로 협상안을 제시하고 2차 협상 때부터 임원진들이 나선다. 그런데 1차 제안에서부터 에이전트사가 난색을 표하고 나선 것이다.

250만 달러도 나쁘지는 않았다. 저번처럼 사이드 옵션이라도 크다면 말이다. 하지만 이번에 제시된 사이드 옵션은 총 650만 달러에 지나지 않았다. 이는 워싱턴 내셔널스가 마틴 스트라우스에게 4년에 1,500만 달러의 연봉을 보장했을 뿐만 아니라 따로 엄청난 사이드 옵션으로 특급 투수 대우를 해준 것과 상반된 것이었다.

250만 달러는 4년 차 삼열에게는 말도 안 되는 금액이었다. 연봉 조정 신청권이 없다면 몰라도 말이다. 존스타인은 즉시 삼열에게 전화를 걸었다. 그리고 삼열의 집으로 찾아갔다.

존스타인은 커피를 마시며 말했다.

"먼저 이렇게 일이 진행되어서 유감이네. 본론부터 말하자면 자네가 원하는 대로 주겠네."

삼열은 존스타인의 말에 고개를 들었다. 이렇게 말할 사람이 아니었다. 그는 언제나 통계를 들이밀고 그에 합당한 금액을 제시하곤 했다.

"다만 장기 계약을 했으면 하네."

삼열은 존스타인의 말에 피식 웃었다. 그러면 그렇지, 하는 생각과 함께.

"계약은 제 에이전트와 이야기하세요."

"하하, 굳이 그럴 필요가 있나? 원하는 대로 주겠다는데."

삼열은 통 큰 척 말하는 그를 보며 이 말의 함정을 생각했다. 달라는 대로 준다고 하더라도 세간의 눈이라는 것이 있다.

메이저리그 4년 차인 그에게 A. 로드리게스처럼 천문학적인 금액을 준다면 비난은 삼열도 같이 받게 될 것이다. 원하는 대로 준다는 것도 가이드라인이 나름 존재하는 법이다. 말

그대로 준다는 말은 아니다.

"왜 장기 계약을 하지 않으려는가? 어차피 어떤 구단과는 하게 되지 않겠는가?"

"전 2년 이상의 계약은 앞으로 하지 않을 생각입니다. 장기 계약은 안정적이기는 하지만 구단과 선수 모두에게 유익하지 않습니다. 전 제 실력만큼 받을 생각입니다. 10년, 8년, 이렇게 하면 긴장감이 떨어져서요."

"그러면 7년 계약을 하면 어떤가?"

"지금 저의 가치와 3년 후의 가치가 다릅니다. 그것은 미래 의 일이기에 지금 이럴 것이다, 이렇게 추정하는 것은 서로 불 확실성에 기인해 하는 계약일 뿐입니다. 따라서 불안전한 계 약이 되는 것이죠."

존스타인은 삼열의 말을 듣고 고개를 저었다. 너무나 자신 감이 강했다. 그러기에 단기 계약을 고집하는 것이다.

오른손이 망가지니 왼손으로 공을 던지는 녀석이다. 장기 계약을 해서 구단이 손해 볼 일은 없다. 그도 아니면 타자로 전향시켜도 본전은 뽑을 수 있는 선수다.

그러니 존스타인은 시간이 지날수록 초조했다. 이 보물이 어느 날 갑자기 컵스를 떠나는 것은 생각조차 힘들었다. 삼열 은 단순한 실력 그 이외의 것을 가졌다. 그는 컵스의 영웅이 며 스타다. 스타를 떠나보낸다는 것은 컵스의 팬과 관중이 줄어든다는 것을 의미했다.

"흠, 알다시피 4년 차부터 연봉이 엄청나게 뛰긴 하지. 라이언 하워드가 그랬으니까. 하지만 하워드도 그렇고 미겔 카브레라도 마찬가지로 대부분 장기 계약을 통해 서로 윈윈하였지."

미겔 카브레라는 8년에 1억 5천만 달러에, 하워드의 경우 5년에 1억 2,500만 달러에 사인했다. 구단이 삼열에게 장기 계약을 요구하는 것은 무리가 아니다.

문제는 작년에 타자로 엄청난 기록을 달성했지만 앞으로 삼열이 투수로 활동한다는 것, 부상 이후 재기에 성공한 것을 증명하지 못했다는 것이다. 따라서 올해 장기 계약을 하면 삼열에게 엄청나게 불리한 계약을 하게 되는 것이다.

전례에 따르면 올해 삼열의 연봉은 1천만 달러 이상이 된다. 삼열은 여기서 사이드 옵션을 챙겼으면 하지만, 그것은 없어도 상관없었다.

삼열은 존스타인을 돌려보내고 생각에 잠겼다. 장기 계약이 꼭 나쁜 것은 아니었다. 하지만 장기계약은 서로에게 족쇄가 되는 것이기도 했다.

겨울 동안 CF 계약이 엄청나게 들어왔지만 재활 훈련 때문에 대부분 거절하고 한국의 몇몇 기업하고만 했다. 기존의 메이저리그 자료를 이용하고 반나절 정도 시간을 내서 촬영한다는 조건이 붙은 것이었다.

메이저리그 홈런왕이 되니 광고의 단가가 껑충 뛰었다. 그것은 좋았다. 확실히 타자는 기업광고를 하는 데에 투수보다 유리하기는 했다.

얼마 전까지 오른손으로 투구하면 어깨가 아팠다. 토미존 수술을 받아 팔꿈치마저 제대로 힘을 못 쓰는 상황이었다. 그런데 요 며칠 사이로 그동안 은근하게 통증을 유발하던 견갑골(肩胛骨)이 괜찮아졌다.

오버헤드로 던지는 투수들의 견갑골에 문제가 생기면 실력 저하는 필수적이다. 하지만 삼열의 견갑골이 아프다는 것은 점점 오른쪽 어깨가 낫고 있다는 의미였다. 감각이 돌아오고 있으니 말이다.

삼열은 기분이 매우 좋았다. 왼손으로 완벽한 투구를 한다 하더라도 오른손이 예전으로 돌아온다는 것은 즐거운 일이다. 갑자기 밝은 햇살이 인생으로 불쑥 찾아온 느낌이 들었다.

삼열은 기분이 좋아 왼손 투구를 하다가 지치거나 지겨워질 때면 오른손으로도 가끔 던지곤 했다.

끊임없는 노력 속에서 흘리는 땀이 불가능할 것 같았던 왼손 투구를 가능하게 만들어 주었다. 그것도 2년 조금 안 된 시점에 거의 완벽하게.

삼열은 창밖을 내다보았다. 또 눈이 내리고 있었다. 북극의 빙하가 녹아 겨울은 더욱 추워졌다. 이러다 빙하기가 다시 오면 어쩌나 하는 마음이 들 정도로 추웠다.

"여보! 특허 대행사에서 연락이 왔어요. 특허 신청이 받아들여졌다고요."

"정말……?"

삼열은 기분이 좋았다. 안테나 특허는 작은 것이지만 끼치는 영향은 그렇지 않다. 수많은 회사가 핸드폰을 만들면서 안테나 문제에 골머리를 앓는다. 특히 애플의 경우는 얇고 가벼운 제품을 만들기 위해 안테나의 개수를 축소해서 LTE폰으로 통화할 때 자료를 내려받을 수 없었던 때도 있었다. 지금은 문제가 해결되기는 했지만 말이다.

그런데 미카엘이 만든 안테나는 그런 문제 자체가 발생하지 않는다. 게다가 크기 조절도 임의대로 할 수 있다.

"그런데 이제 어떻게 해요? 당신은 야구를 해야 하는데."

"그래서 말인데, 특허권을 관리할 대행사를 찾아야 할 것 같아."

"헨리 오빠에게 말해 볼까요?"

"그럴까?"

"연락해 보는 거야 뭐가 어렵겠어요? 잘되면 서로 좋죠. 계약만 초기에 잘해 놓으면 문제가 될 것도 없잖아요."

"그렇긴 하지. 그럼 당신이 특허권을 위탁할 때의 조건 등을 알아봐 줘."

"염려하지 마요. 줄리, 안 돼!"

줄리아가 뭐가 마음에 안 들었는지 거실에서 제시를 때리려고 하고 있었다. 제시와 도니는 겁을 먹고 뒷걸음질 쳤다.

마리아의 외침에 줄리아가 눈치를 보며 손을 슬그머니 내렸다. 그러면서도 눈으로는 '가만 안 둘 거야!' 하고 겁을 줬다. 커다란 제시가 줄리아의 눈빛을 받고는 배를 드러내 놓고 복종의 표시를 했다. 하지만 작은 도니는 고개를 돌리고 다른 곳으로 도망갔다.

이제 줄리아는 뛰어다니는 것은 물론 말도 어지간한 것은 다 할 줄 알았다. 머리가 너무 좋아 이미 글자를 익히고 있었고 동화책도 혼자 읽을 줄 알았다.


스프링 캠프가 시작되기 전에 삼열은 구단으로부터 연봉 1천만 달러에 옵션 500만 달러를 제시받고 계약서에 사인했다. 250만 달러 이야기는 옛날이야기가 되었다.

삼열은 시범 경기 첫 번째 경기부터 참가하면서 컨디션을 조절했다.

사람들과 매스컴은 과연 그가 왼손으로도 예전의 위력을 발휘할 수 있을지 궁금해했다. 그리고 시간이 지나 정규 시즌이 시작되었다.

*　　　　*　　　　*

"자자, 모여봐! 드디어 우리의 삼열이가 투수로 나온다고 하더군."

"하하, 저도 그 이야기를 들었습니다. 이번에는 좌완 투수로 변신했다고 합니다."

"와우, 죽이는데요."

"쓸데없는 소리 집어치우고 방송 준비 철저하게 해. 원더풀 스카이와 계약 기간이 올해가 마지막이야. 알지?"

홍성대 국장이 말하자 모두 고개를 끄덕였다. KBC ESPN의 홍성대 국장은 5년간 컵스의 메이저리그 경기 독점 중계를 성사시켜 방송국 내에서 독보적인 존재가 되었다.

비록 중간에 삼열이 부상을 입어 1년을 쉬고 작년에는 타자로 출전하였지만 그의 탁월한 판단 능력과 과감한 결단은 많은 사람의 존경과 찬사를 받았다.

작년 시즌 초반에는 광고가 제대로 잡히지 않았을 뿐만 아니라 시청률도 제대로 나오지 않다가 삼열이 시즌 막판에 홈런왕이 되면서 대박이 터졌다. 광고가 물밀 듯 몰려왔고 재방송을 할 때도 그 열기가 식지 않았다.

한국 선수가 메이저리그 홈런왕이라니 말도 안 되는 일이었다. 하지만 그 말도 안 되는 일이 실제로 일어났으니 온 국민의 관심사가 되어버린 것이다.

"자자, 송재진 해설 위원과 장영필 아나운서는 그동안 잘해왔으니 그대로 두고 나머지는 다 갈아버린다. 기존의 안일한 방송으로 날로 먹었던 거 다 쳐낸다. 알았나?"

"네……."

"니들도 양심이 있으면 받아먹기만 하면 안 되지. 이제 본격적으로 명품 방송을 준비해야 해. 알았어?"

"네, 국장님."

열 명의 방송국 직원이 홍성대 국장의 말에 고개를 끄덕였다. KBC ESPN의 최고 흥행 카드가 메이저리그 야구 방송이고 그 중심에 삼열이 있었다.

"이번에 다시 계약해야 하는데, 누가 나설래?"

"국장님이 하시는 것이 어떻습니까?"

"뭐야?"

"아닙니다."

홍성대는 이번 계약은 지난번보다 쉽지 않을 것 같아 뒤로 한발 물러났다. 잘나가고 있는 메이저리그 최고의 선수에 대한 방송권을 예전처럼 헐값에 계약할 수는 없을 것이다.

이제는 잘못하면 본전치기가 될 수도 있다. 이전에야 적당한 돈으로 계약서를 쓰고 담당자에게 용돈 좀 찔러주면 되었지만 이제는 방송 3사와 스포츠 채널을 가진 종편들도 나설 것이 뻔했다.

그래서 올해 빼먹을 수 있으면 몽땅 다 빼먹어야 했다. 본전치기라도 방송권만 따면 시청률을 보장할 수 있으니 손해 보는 장사는 아니었다.

'누구 하나 죽겠군.'

홍성대는 치열해질 방송 중계권을 생각하며 입맛을 다셨다.

한국에서는 올해에 삼열이 다시 투수로 나선다는 것이 커다란 이슈가 되어 연일 방송과 신문에 보도되고 있었다.

*　　　*　　　*

삼열은 호흡을 가다듬었다. 오늘 열리는 개막전 경기는 구단의 배려로 그의 차지가 되었다. 베일 카르도 감독은 5이닝 정도만 던지면 나머지는 계투진이 알아서 할 것이라는 언질을 줬다.

이전에 매 경기마다 거의 8이닝 정도를 던졌던 삼열에게는 이례적으로 매우 짧은 이닝에 속했다. 하지만 왼손으로 처음 던지는 것이고 부상 이후의 첫 등판이라 무리를 할 수는 없다. 그만큼 감독이 마음을 놓지 못하고 있다는 뜻이기도 했다.

베일 카르도 감독이 5이닝을 책임지라고 했지만 여차하면 강판될 것을 삼열은 알았다. 오른손으로 던진다고 하면 아무리 큰 점수 차로 지고 있어도 5이닝 전에 결코 교체하지 않겠지만 왼손은 전혀 다른 문제니까.

'후후, 나의 능력을 보여주지.'

삼열은 크게 호흡을 하며 두근거리는 가슴을 진정시키려고 노력했다. 그도 역시 매우 초조하고 불안했다. 과연 왼손이 타자들에게 통할지 확신이 없었다. 하지만 왼손의 직구가 156km/h까지 나왔으니 난타당하지는 않으리라고 생각했다.

'나는 왕이다. 그런고로 누구도 나를 이기지 못해!'

삼열은 거듭 이미지 트레이닝을 하며 시합이 시작되기를 기다렸다. 다행스러운 것은 홈에서 경기를 한다는 점이다. 이 점이 오늘 삼열이 선발 출전하게 된 이유이기도 했다.

삼열이 마운드에 오르자 리글리 필드는 그를 응원하는 뜨거운 열기로 가득했다. 3루 쪽 원정 팀을 응원하는 관객들조차 삼열에게 박수를 보냈다. 사람들은 왼손 투수로 변신한 삼열이 과연 어떠한 투구를 할지에 대해 매우 궁금해했다.

다행히 첫 상대도 지구 최약체 팀인 휴스턴 애스트로스다. 아니, 메이저리그 통틀어 가장 약한 구단을 뽑는다면 수위를 다툴 팀이었다.

휴스턴 애스트로스는 짐 크레인이 새로운 구단주로 오면서 리빌딩을 시작했지만 성과는 전혀 나타나지 않고 있었다. 팀의 주축이었던 로이 오스왈트, 헌터 펜스, 랜시 버크먼, 마이클 본, 카를로스 리가 나가면서 새로운 선수들이 영입되지 않았던 탓이다.

사실 어지간한 선수들은 휴스턴으로 트레이드시키려고 하면 거부권을 행사하곤 했다. 결국 애스트로스로서는 팜을 키우는 수밖에 없었다.

작년에도 휴스턴 애스트로스는 중부 지구 꼴찌를 했다. 그러니 누가 가려고 하겠는가. 힘없고 백이 없는 마이너리그 선수를 제외하고는 말이다.

삼열은 마운드에 서서 작은 소리로 중얼거렸다.

"나는 왕, 왕, 왕이다! 누구도 칠 수 없어!"

그런 중얼거림이 긴장감을 조금은 잠재웠다. 드디어 삼열은 공을 던졌다. 공이 바람을 타고 미끄러지듯 포수의 미트에 들어가 박혔다.

펑.

"스트라이크."

삼열의 공은 낮게 스트라이크 존을 스치듯 지나갔다. 1번 타자 조단 샤페는 움찔 놀랐다. 좌타자인 그는 좌투수의 공이 빠르게 날아오자 꼼짝을 못했다. 작년 그의 타율은 0.211이었다.

한때 떠오르는 신예로 스포트라이트를 받기도 했지만 순식간에 무너지고 말았다. 그 어떤 선수라도 애스트로스에 오면 망가질 것이다. 투자는 하지 않고, 있는 선수를 팔아먹기만 하는 구단에 무엇을 기대하겠는가.

전광판에는 95마일이 찍혔다. 컵스의 팬들은 모두 일어나 박수를 쳤다. 단 하나의 공이었지만 인간 승리를 일궈낸 선수에 대한 존경의 표현이었다. 어느 누가 망가진 오른손을 대신하여 왼손으로 투수 생활을 할 생각을 하겠는가. 삼열조차 오른손을 강화할 때 왼손도 같이 훈련하지 않았다면 불가능했을 것이다.

삼열은 2구를 체인지업으로 던졌다. 샤페는 느린 체인지업에 헛스윙했다. 다음 공은 투심을 던져 땅볼 아웃을 시켰다.

타자 한 명을 상대하고 나자 삼열은 긴장이 많이 풀렸다. 그동안은 심장이 너무 빨리 뛰어서 터질 것만 같았다. 삼열은 계속 마인드 컨트롤을 하며 타자를 상대해 나갔다. 2번 타자를 삼진으로 돌려세우고 3번 타자는 외야 플라이로 마무리했다.

더그아웃으로 내려오니 다리가 후들거렸다. 그만큼 오늘 경기에서 긴장을 많이 한 것이다. 처음 컵스의 마운드에 섰을 때보다 오늘이 더 떨렸다. 과연 자신이 그동안 노력했던 것이 실전에서도 통할지 궁금하기도 하여 더욱 긴장이 되었던 것이다.

"하아~"

삼열은 자신도 모르게 깊은 한숨을 내쉬었다. 로버트가 그런 그의 어깨를 치며 수고했다고 격려했다. 그뿐만 아니라 많은 선수가 삼열을 격려했다.

삼열은 마운드에 서는 것이 행복하면서도 짜릿했다. 마운드에서 경기를 책임진다는 것, 그리고 그 막중한 책임을 갖고 공을 던지는 것은 정말 짜릿한 일이었다. 타석에서 홈런을 치는 그 느낌보다 오늘의 쾌감이 더 강렬했다.


1회 초가 끝나자 장영필 아나운서가 송재진 해설 위원에게 가볍게 한마디 했다.

―네, 삼열 선수 오늘 경기 초반이지만 정말 멋진데요. 어떻습니까?

―믿을 수 없을 정도로 깔끔한 이닝이었습니다. 오른손이 부상을 당하자 거의 2년 만에 좌완 투수로 변신했어요. 직구의 구속도 153km/h 정도 나왔으니 이전의 오른손보다는 빠르지는 않지만 좌완 투수라는 메리트가 있으니 괜찮을 것 같군요. 다만 아직은 직구 외의 공이 밋밋한 감이 좀 있는데요, 아마도 경

기를 계속하면서 이러한 점들은 다듬어야 할 것 같군요.

—삼열 선수는 타자로서도 작년에 홈런왕을 하는 등 굉장한 성공 가도를 달리고 있는데 어떻게 보십니까?

—하하, 1회에 삼열 선수가 공을 단 하나 던졌음에도 관중석에서 기립 박수가 나오지 않았습니까? 그것이 답입니다. 우완 투수였던 삼열 선수가 2년 만에 좌완투수로 변신하는 것은 말로 표현할 수 없을 정도로 어려운 일이기 때문입니다. 이것을 해낸다는 것은 운이나 타고난 재능으로는 설명이 되지 않습니다. 말할 수 없는 노력과 땀을 흘리지 않았다면 있을 수 없는 일이겠지요.

—아, 네. 그렇습니다. 자랑스러운 대한민국의 청년 강삼열 선수였습니다. 저희는 잠시 후에 돌아오겠습니다.

송재진 해설 위원이 헤드폰을 벗으며 한마디 했다.

"이건 정말 있을 수 없는 일이야. 굉장해!"

"그렇죠? 정말 삼열 선수가 굉장한 거죠?"

"말이라고. 한번 집에 가서 시험해 보라고. 오른손으로 밥을 먹다가 왼손으로 먹어보면 삼열이가 오늘 한 일이 얼마나 엄청난 일인지 바로 알게 될 거야."

"동생뻘 선수지만 존경스럽네요. 존경스러워요."

송재진은 더그아웃에서 끊임없이 중얼거리는 삼열을 바라보았다. 그뿐만 아니라 관중석의 많은 사람도 그를 바라보고 있었다.

카메라가 줌인해 삼열의 얼굴을 근접에서 잡았다. 그리고 전광판에 삼열의 얼굴이 나왔다. 반대편에 있는 마리아와 줄리아의 얼굴도 잡혔다.

여전히 아름다운 마리아의 얼굴이 전광판에 나오면 남자들은 부러운 눈으로 삼열을 바라보았다.

그 모습을 보며 송재진이 뱉듯이 말을 했다.

"어쩌면 지금 우리 세기에서 가장 위대한 투수를 보고 있는 것인지도 몰라. 보면서도 믿을 수 없으니 말이야."

"저도 그렇습니다, 선배님."

경기가 속개되었다. 컵스의 공격이 시작되었고 1번 타자 빅토르 영이 타석에 들어섰다.

애스트로스의 선발 투수는 루하스 바렐이다. 작년에 애스트로스에서 유일하게 10승을 한 투수로 11승 9패에 평균 자책점은 3.86이다. 물방망이 애스트로스에서 10승을 올릴 수 있었다는 것 자체가 기적에 가까웠다.

빅토르 영은 작년 한 해 동안 치욕적인 시간을 보냈다.

삼열이 1번 타자로 나오면서 아예 게임에 출전하지 못하거나 교체 출전을 해야 했기에 겨우내 이를 갈며 엄청난 훈련을 했다. 다시는 밀려나지 않으리라 결심하면서.

빅토르 영은 루하스 바렐 투수를 노려보았다. 말끔한 얼굴이 마치 고등학생처럼 부드러운 인상이다.

'날려주마!'

루하스 바렐은 94마일 전후의 직구를 던지고 변화구의 각이 예리하며 완급 조절에 능해 땅볼이 많이 나오는 투수다. 강력한 공으로 타자를 윽박지르는 타입이 아니라서 빅토르 영은 상대 투수가 반드시 초구로 스트라이크를 잡으러 들어올 것으로 생각했다.

제구력 투수들은 초구를 스트라이크로 잡으려는 경향이 유독 심하다. 문제는 안쪽이냐 바깥쪽이냐, 그리고 직구냐 변화구냐이다. 아무리 생각해도 낮은 직구가 될 가능성이 컸다. 낮게 던진다면 스트라이크를 잡을 수 있어서 좋고 안타를 맞아도 단타로 그칠 가능성이 크기 때문이다.

'초구를 노린다.'

빅토르 영는 배트를 고쳐 잡고 공을 기다렸다. 루하스 바렐이 공을 던졌다. 빅토르 영이 예측한 대로 낮은 직구였다. 하지만 루하스 바렐이 의도한 만큼은 낮지 않았다.

따악.

빅토르 영이 친 공이 그대로 외야로 날아갔다. 중견수가 쫓아가다가 중간에 멈췄다. 공이 펜스 안쪽으로 바로 넘어간 것이다.

"호옴런!"

"와우, 홈런이야."

컵스의 더그아웃에서는 예상치 못한 홈런에 깜짝 놀라 모두 자리에서 일어났다.

빅토르 영은 운동장을 돌면서 그동안 받은 설움을 기억해 냈다. 그 묵은 감정이 이 한 방의 홈런 한 방으로 한순간에 날아가 버린 듯했다. 그는 천천히 3루를 돌아 홈 베이스를 밟고는 더그아웃으로 들어왔다.

"와우, 빅토르 영! 축하해."

"마침내 해냈군. 축하한다! 빅토르 영."

빅토르 영은 동료들의 축하를 받으며 벤치에 앉았다. 그리고 생각했다. 겨우내 훈련의 효과가 이렇게 바로 나타나는 것을 보며 이를 악물었다.

'다시는 내 자리를 내주지 않아!'

1년 동안 교체 타자로 출전하는 설움을 당하면서 더 이상 수모를 당하지 않겠다고 결심을 했다. 그리고 오늘 그 수모를 갚았다.

빅토르 영은 타석에서 상대방의 수를 읽는 것이 얼마나 중요한지 다시 한 번 실감했다. 선두 타자라 항상 투수가 어떤 공을 던질지 다른 타자들보다 더 많이 생각했었다. 문제는 정확하게 생각하는 것이다. 내가 투수라면 뭘 던질까를 생각하면 좀 더 쉬웠다.

루하스 바렐은 초구에 홈런을 맞자 정신이 멍해졌다. 성급하게 스트라이크를 잡으려다가 크게 한 방 맞은 것이다.

최약체 팀인 휴스턴 애스트로스에서 뛰면서 이룬 11승은 다른 팀의 20승 투수 못지않게 힘들게 얻은 성과였다.

그는 11승을 얻으면서 나름대로 타자들을 대하는 요령을 배웠다. 오늘은 단지 초구에 스트라이크를 잡기 위해 낮은 직구를 던진 것이 홈런을 맞았다. 좀 더 신중하게 타자가 노리는 공이 무엇이었는지 생각했어야 했다.

'이제 실수하지 않겠어!'

루하스 바렐은 마운드에 서서 컵스의 타자들이 타석에 들어서는 것을 바라보았다.

2번 타자 스트롱 케인은 빅토르 영이 홈런을 치는 것을 보고 자극을 받았다. 빅토르 영이 한다면 자신이라고 못할 것이 없다고 생각했다. 그는 배트를 단단히 쥐고 공이 오기를 기다렸다.

루하스 바렐이 공을 던졌다. 그리고 스트롱 케인이 배트를 힘껏 휘둘렀다.

딱.

공은 그대로 루하스 바렐의 글러브로 빨려 들어가는 듯 보였지만 자세가 좋지 않은 탓에 땅에 떨어지고 말았다. 공이 오른쪽 바닥으로 떨어진 것을 보고 루하스 바렐은 그대로 잡아 1루로 던졌다.

"아웃!"

1루심의 손이 올라갔다. 아웃을 당한 스트롱 케인은 고개를 숙이고 더그아웃으로 들어갔다.

삼열은 컵스의 타자들이 루하스 바렐 투수를 상대하는 것을 묵묵히 지켜보았다. 1번 타자 빅토르 영이 홈런을 친 것 외에는 이렇다 할 것이 없었다. 4번 타자 존리마저 땅볼로 물러나자 삼열은 천천히 마운드로 걸어나갔다.

물결치는 응원의 파도를 보며 삼열은 힘차게 파워 업을 외쳤다. 그리고 신중하게 상대 타자를 바라보았다. 4번 타자 곤잘레스 에드윈이 나왔다. 삼열은 투심을 던졌다.

딱.

공이 일직선으로 날아와 삼열의 신발 바닥에 맞고 튕겨 나갔다. 그 공을 3루수가 재빨리 잡아 1루에 던졌다. 에드윈은 1루로 전력질주를 하다가 1루 발판의 앞부분을 밟고는 공중으로 튕겼다가 떨어졌다.

"오 마이 갓!"

여기저기서 걱정스러운 웅성거림이 나왔다. 너무나 큰 동작으로 떨어진 것이다. 한참 후에 일어난 에드윈은 동료의 부축을 받아 더그아웃으로 절뚝거리며 들어갔다. 관중들의 박수가 크게 나왔다. 굉장히 위험한 순간이었다. 떨어질 때에 어깨부터 떨어져 잘못하면 크게 다칠 수 있는 상황이었다.

원 아웃이 되었다. 삼열은 하늘을 바라보았다. 4월의 싱그러운 바람이 살랑거리며 마운드 주변을 스쳐 지나갔다.

'이기자. 승리하자. 파워 업!'

삼열은 브라이언 탐스가 나오자 포수의 사인을 보며 몸쪽으로 공을 던졌다. 좌타자인 탐스는 몸쪽으로 붙는 포심 패스트볼이 날아오자 꼼짝하지 못하고 스트라이크를 당했다.

칼스버그의 리드는 매우 훌륭했다. 그가 요구하는 대로 던지면 타자들이 손도 대지 못하고 아웃을 당하곤 했다.

브라이언 탐스가 삼진을 당하고 나자 6번 타자 오셔 크리스가 나왔다. 빼빼 마른 크리스는 장타력은 없지만 교타자에 속했다. 그날의 컨디션에 따라 2번과 6번을 오가는 선수였다.

삼열은 커터를 던졌다. 던진 순간 공이 손가락에서 벗어난 것이 느껴졌다. 실투였다.

딱.

공은 빠르게 날아가 외야로 떨어졌다. 헨리 아더스가 뛰어가 공을 잡아 유격수 스트롱 케인에게 던졌다. 2루타였다. 삼열은 안도의 한숨을 내쉬었다. 이번 공은 실투라서 홈런이 나올 줄 알았다.

삼열은 7번 타자를 삼진으로 잡고 더그아웃으로 들어왔다.

오랜만에 던지는 것이라 낯설었고 오른손만큼 위력적이지 않았다. 직구는 제법 예리하게 들어갔지만 나머지 구질들은 모두 밋밋했다. 무엇보다도 실투가 홈런이 되지 않은 것은 정말 운이 좋았다.

포수 칼스버그가 옆으로 다가와 앉아 한마디 했다.

"괜찮아?"

"아직 왼손으로 던지는 것이 익숙하지 않아서 그래. 걱정하지 마."

그렇게 말은 했지만 삼열은 내심 걱정이 많이 되었다. 연습에서는 잘 들어갔던 공들이 실전에서는 잘 먹히지 않았다. 좀 더 많은 시간을 들여서 제구를 다듬어야 하고, 공에 체중을 얹는 노력도 등한시해서는 안 될 것 같았다. 그리고 오늘 상대한 타자들의 특성을 일일이 체크하며 노트에 기록하였다.

'첫 술가락에 배부를 수야 없지. 그나마 약간의 이름을 얻었으니 이런 몸 상태로 마운드에 설 수 있는 것이지. 더 노력하자!'

마이너리그를 거치지 않고 직접 던진다는 것은 엄청난 특혜였다.

삼열은 약체 팀 애스트로스를 상대로 컨트롤을 실험하며 계속 공을 던졌다. 시간이 지나면서 왼손으로 던지는 것이 점점 익숙해지기 시작했다. 수많은 연습구보다 단 한 번의 실전 경험이 더 중요하다는 말이 오늘처럼 절실하게 와 닿는 날은 없었다.

"파워 업!"

삼열은 마운드에서 환하게 미소를 지었다.

관중들은 신이 났다. 컵스에서 가장 재미있는 악동이자 영웅이 교통사고를 당하여 1년을 경기에 나오지 못했었다. 그리고 작년에는 타자로 나와 홈런왕이 되었다.

이것 자체가 경이적인 일이었다. 컵스에서 홈런왕이라니! 새미 소사 이후 가장 놀라운 사건이었다.

그리고 올해 삼열은 다시 투수가 되었다. 그런데 이제는 왼손 투수다. 도대체 그의 변신의 끝이 어디까지인지 알 수 없을 정도였다. 새롭게 변신한 왼손은 오른손만큼 강력하지는 않았다. 그렇지만 삼열은 95마일의 공을 던졌다. 놀라운 일이었다.

아이들은 신이 나 파워 업을 외쳤다. 이제 관중석에는 파워 업 티셔츠를 입지 않은 사람들이 없을 정도였다. 모두 삼열을 격려하는 의미였다. 뒤로 물러서지 않고 운명과 부딪히는 그 놀라운 정신에 존경의 마음을 담아서 환호했다.


원더풀 라이프의 자니 메카인 해설 위원은 거듭 감탄을 하며 '원더풀!'을 외쳤다. 그리고 '미러클'이라는 단어를 입에 달았다.

　—어떻게 보십니까?

　에드워드 찰리신 아나운서가 자니 메카인 해설 위원에게
물었다.

　—한마디로 경이롭다고밖에 말할 수 없습니다. 이것은 재능
을 떠나 인간 승리입니다. 105마일을 던지던 투수가 95마일
투수로 바뀌었지만, 올해가 처음 아닙니까? 2년 만에 좌완 투
수가 되었다는 것은 기적입니다. 미러클이에요, 미러클!

　—그렇습니다. 그렇다면 삼열 선수의 구질은 어떻습니까?

　—하하, 구질은 아직 만족스럽지 못한 것 같군요. 특히 애
스트로스가 너무 약체라 다음 경기에 가서야 판가름이 날 것
같은데요, 사실 그렇게 썩 좋은 것은 아닙니다. 직구만 날카로
워 보이고 나머지 구질은 아직 더 다듬어야 할 것으로 보이지
만 이것 자체로도 굉장한 것이지요. 특히나 훈련광으로 소문
난 삼열 선수라면 그다지 염려스러운 바는 아닙니다. 한두 경
기를 날릴 수는 있겠지만 굉장히 빠른 시간 안에 제구력을 가
다듬을 것으로 보입니다.

　—오늘 컵스의 팬들이 유난히 즐거워하는 것 같습니다. 특
히 삼열 선수가 3회에 타석에 나와 또 홈런을 치지 않았습니
까?

　—하하, 현대판 삼손입니다. 마치 블레셋의 신전을 허무는

듯한 자신의 기록을 연일 갱신하고 있지요. 지켜보는 컵스의 팬들로서는 즐거운 일이지요.

　—말씀드리는 순간 삼열 선수가 마운드에 섰습니다. 컵스의 5회 초 수비가 시작되었습니다.


　애스트로스의 4번 타자 곤잘레스 에드윈이 타석에 섰다. 그는 상대 투수에 대한 깊은 존경의 마음을 가졌다. 메이저리그 최고의 투수였으며 홈런왕이기도 한 투수가 교통사고로 인해 오른손으로 공을 던지지 못하게 되자 좌완 투수로 변신했다. 한마디로 의지의 승리다.

　공이 날아왔다. 에드윈은 힘껏 배트를 휘둘렀다.

　딱.

　공이 날아가는 순간 로버트가 펄쩍 뛰어올라 논스톱으로 공을 잡았다. 만약 놓쳤다면 2루타가 될 강한 안타성 타구였다.

　에드윈은 아쉬운 마음을 뒤로 하고 자리에서 물러났다.

　삼열은 호흡을 가다듬었다.

　스코어는 2 : 0이었지만 아무래도 좋았다. 마운드에 서서 공을 던질 수 있다는 것만으로도 좋았다. 타자들을 상대하면서 예전보다 애를 먹고 있었지만 지금 이 순간만은 일국의 왕보다 행복했다.

'난 야구가 좋아. 그리고 살아 있는 것이 좋아!'

삼열은 야구를 통해 자신이 살아 있다는 것을 느끼곤 했다. 펄떡이며 근육이 움직이는 것이, 마운드의 뜨거운 열기와 긴장감이 세포를 깨우곤 했다.

루게릭병으로 고통받던 시간에 운동장을 뛰던 선수들을 보며 자신도 그렇게 되고 싶었다. 그런데 이제 보통 인간들보다 더 뛰어난 신체를 소유하게 되었다. 이 모두가 인생의 축복이다.

삼열은 마운드에서 환하게 미소를 지었다. 5번 타자 브라이언 탐스가 배트를 좌우로 흔들며 타석에 섰다. 삼열은 힘껏 공을 던졌다.

따악.

공이 바람을 가르며 하늘로 솟아올랐다.

"홈런, 홈런이야!"

애스트로스의 더그아웃에서 일어나 환호를 했다. 3루 쪽 관중석에서도 함성이 터졌다.

탐스가 홈을 향해 천천히 달리는 모습을 보며 삼열은 호흡을 가다듬었다. 마음이 의외로 평안했다. 평상시라면 동요했을 그였지만 오늘 경기는 생각보다 잘 던지고 있었던 것이다.

삼열은 비록 홈런을 맞기는 했지만 구위가 조금씩 좋아지고 있는 것이 뚜렷하게 느꼈다. 그러면 된 것이다. 지금 자신은 앞으로 나아가고 있는 것이다. 삼열은 미소를 지으며 두 팔을 벌려 바람을 느꼈다.

아직은 차갑고 서늘한 바람이 손과 뺨을 어루만지며 지나 갔다.

6번 타자 오셔 크리스는 탐스가 홈런을 친 것을 보며 용기 를 가졌다. 눈앞의 투수를 존경하는 마음은 있지만 지금은 시합이었다. 자연스럽게 쥐고 있던 배트에 힘이 들어갔다. 그 는 탐스와 사실 사이가 별로 좋지 못했다. 따라서 은근히 서 로를 견제하고 경쟁의식을 가졌다.

'저 녀석이 홈런을 쳤는데 나라고 못 칠까 보냐!'

크리스는 공이 날아오자 힘차게 배트를 휘둘렀다.

딱.

공이 떠올랐다. 칼스버그가 포수 마스크를 벗고 뛰어갔다. 그는 넘어지면서 볼을 잡았다. 파울 플라이 볼로 물러나면서 크리스는 이를 악물었다.

칼스버그는 일어나 허벅지가 아픈지 손으로 문질렀다. 그러 자 의료진이 다가와 상태를 보고는 스프레이를 뿌려주었다.

삼열은 조금 전의 공에 놀랐다. 공의 속도는 그다지 빠르지 않았다. 오히려 93마일로 구속이 떨어졌지만 순간 체중이 공 에 실렸다. 삼열은 회심의 미소를 지었다.

'앗싸! 이제야 감이 오는구나.'

삼열이 메이저리그를 2년이나 평정할 수 있었던 이유는 볼의 종속이 좋아서였다. 공 끝이 살아서 움직였던 것이다. 게다가 그의 공은 빠르고 무거웠다. 그러니 내로라하는 메이저리그의 타자들조차 삼열의 공에 속수무책이었다.

중요한 것은 볼 끝의 움직임이다. 공이 너무 정직하게 들어오면 홈런과 장타가 많이 나온다. 메이저리그 타자들은 빠른 공에 매우 강하다. 어지간한 투수들이 150㎞/h 전후의 공은 예사로 던지기 때문이다. 그렇기 때문에 중요한 것은 볼 끝의 움직임, 그리고 공에 얼마나 자신의 체중을 싣는가이다.

그렉 매덕스가 4년 연속 사이영상을 받고 열아홉 번의 골든 글러브를 받을 수 있었던 것도 컴퓨터 제구와 볼 끝의 움직임, 즉 무브먼트 덕분이었다.

만약 삼열의 공이 빠르기만 했다면 메이저리그의 타자들은 노리고 쳤을 것이다. 그리고 그런 공들은 제대로 받아치면 홈런으로 이어진다. 하지만 삼열의 공은 무브먼트가 매우 좋다. 그러니 배트에 공을 제대로 맞힐 수가 없었던 것이다.

"하하하, 파워 업!"

7번 타자 조지 모리스가 삼열을 보고 고개를 갸웃거렸다. 상대 투수가 갑자기 이상해진 것이다.

'설마 맛이 간 것은 아니겠지?'

우타자인 그는 빠른 직구를 던지는 삼열의 공이 부담스러왔다. 삼열의 공은 기존의 좌완 투수보다 더 몸쪽으로 파고들었는데 이것이 모두 스트라이크로 잡혔다. 왼쪽에서 날아오는 공이 타자 옆을 통과할 때는 스트라이크 존을 스치며 지나갔던 것이다.

하지만 주심보다 앞에 있는 타자의 입장에서는 분명 볼 같아 보였기에 문제였다. 왜냐하면 대각선으로 날아오는 공의 진행 방향을 타자는 미리 읽고 타격을 하기 때문이다. 한발 앞서 판단하기 때문에 볼처럼 보이곤 했던 것이다.

'젠장, 빌어먹을!'

모리스는 공이 날아오면 배트를 휘둘렀다. 하지만 공은 바람을 타고 포수의 미트로 빨려들곤 했다.

"아웃!"

7번 타자를 삼진으로 잡은 삼열은 두 손을 불끈 쥐고 만세를 불렀다. 관중들은 삼열을 따라 파워 업을 외쳤다.

삼열은 더그아웃으로 들어와 굉장한 환희에 빠졌다. 이제 비로소 앞이 보였다. 볼의 무브먼트가 살아나고 있었고 공에 체중을 실을 수도 있게 된 것이다.

'가자! 파워 업!'

삼열은 미소를 지었다. 동료 선수들이 그런 삼열을 격려해 주었다.

"수고했어, 삼열."

"굿 잡! 삼열."

"삼열, 그레이트!"

로버트가 다가와 어깨를 두들겨 주었다. 유난히 정이 많이 든 두 사람인지라 말을 하지 않아도 로버트가 무슨 말을 하는지 알 수 있었다.

"수고했어, 멋졌어!"

삼열은 로버트의 칭찬에 손바닥을 서로 마주치며 하이파이브를 했다.

삼열은 6회 초에 에밀리 투수로 교체되었다. 그러자 장영필 아나운서와 송재진 해설 위원은 아쉬움을 느꼈다. 삼열이 좀 더 긴 이닝을 던져줘야 시청률이 담보되기 때문이다. 하지만 목소리는 경쾌했다.

―5회까지 1안타 1실점으로 물러났는데요, 오늘 강삼열 선수의 경기를 정리하신다면 어떻게 볼 수 있겠습니까?

―보신 바와 같이 강삼열 선수는 기적적으로 투수로 복귀하였습니다. 이제는 좌완 투수가 되었죠. 비록 직구의 스피드가 예전만 못하지만 좌완이라는 프리미엄이 있으니 나쁘지는 않습니다. 그리고 강삼열 선수, 첫 출전치고는 굉장한 선전을 했습니다. 아까 홈런을 맞은 공은 실투로 보이는데요, 사실 메

이저리그의 투수들도 실투를 굉장히 많이 합니다. 사실 타자가 정상적인 공은 제대로 치기가 힘들죠.

—그렇지요.

—하하, 정상급 투수들의 공도 열 개의 투구 중 세 개 정도는 실투성 공을 던집니다. 그런데 정상급 투수의 실투는 그 폭이 크지 않아서 타자들이 실투인지 알아차리기가 힘들죠. 사실 인간이 컴퓨터도 아닌데 아무리 많이 연습해도 매번 정확하게 공을 던질 수는 없습니다. 그런 면에서 볼 때 오늘 홈런은 크게 생각하지 않아도 좋을 것입니다. 알다시피 삼열 선수는 훈련광이지 않습니까?

—하하, 그렇군요. 아, 에밀리 투수의 공이 담장을 넘어갑니다. 이로써 삼열 선수의 승리 투수 요건이 물 건너갔네요.

—아, 대단히 안타까운 일입니다. 속이 많이 상하겠네요. 오늘 처음 등판해서 기분 좋게 승리를 따내면 좋았을 텐데요. 하지만 에밀리 투수가 일부러 점수를 준 것도 아니고 최선을 다해 던졌지만 실점을 한 것이니 잊어버려야겠죠.

카메라가 여러 번 삼열을 클로즈업해서 잡았지만 삼열의 표정에는 별다른 점이 없었다. 그냥 무덤덤한 얼굴이었다.

6회 말이 되자 컵스의 강타선이 폭발했다. 컵스는 루하스 바렐 투수를 초토화시켰다. 스트롱 케인이 안타를 치고 나가자 레리 핀처가 2점 홈런을 쳤다. 그리고 존리 말코비치가 2루타를 치고 나가자 헨리 아더스가 안타를 쳐서 1득점을 했다. 거기다 로버트 메트릭이 다시 홈런을 쳐서 노 아웃에 7 : 2가 되었다.

삼열은 피식 웃고 라커룸으로 나왔다.

이 정도면 경기가 끝난 것으로 봐야 했다. 삼열은 의자에 누워 마운드에서 느꼈던 감정들을 다시 음미했다. 감각 하나하나가 모세혈관을 통해 너무도 뚜렷하게 느껴졌다.

삼열은 의자에서 벌떡 일어나 투구를 해보았다. 무엇인가 익숙한 느낌이 피부를 파고들었다. 그것은 오른손으로 던졌을 때와 비슷한 느낌이었다.

'이 느낌을 잊고 있었구나. 그래서 구위가 나오지 않았던 거야.'

삼열은 만세를 부르며 펄쩍펄쩍 뛰었다. 기분이 날아갈 듯 좋았다. 이제 되었다는 안도감이 그를 사로잡았다. 20승을 거둔 것보다 지금 이 순간이 더 기뻤다.

경기는 컵스의 일방적인 승리로 끝났다. 스코어는 12 : 3. 컵스는 휴스턴 애스트로스를 철저하게 농락했다. 작년에 물이 오른 컵스의 타격은 올해에도 여지없이 나타났다. 맏형인 레리 핀처는 39세가 되었지만 여전히 방망이가 식을 줄 몰랐다.

그는 오로지 컵스가 월드 시리즈에서 우승하는 날까지 뛰겠다면서 연봉 협상에 유연한 입장을 취했다. 구단은 그의 이런 자세를 높이 사 그에게 700만 달러의 연봉을 주었다.

한때 매년 1,600만 달러를 받던 시절도 있지만 그때는 그의 나이가 한창일 때 다년 계약을 한 덕분이었다. 하지만 이제 나이 마흔을 바라보니 비록 방망이가 녹슬지 않았어도 트레이드 요청을 해오는 구단이 하나도 없었다.

레리 핀처는 컵스가 좋았다. 한때 무기력한 경기로 지구 꼴찌를 도맡아 했던 시절도 있었지만 지금은 무엇이라도 할 기세였다. 그는 정말로 컵스가 우승하는 그 자리에 함께 있고 싶었기에 남들보다 더 많이 노력하였다. 그 결과 엄청난 훈련을 소화해 냈다. 그래서 지금은 커리어 하이의 시절과 비교해도 결코 뒤지지 않았다.

컵스는 변하고 있었다. 그것을 가장 잘 느낀 사람들은 당연히 컵스의 팬들이었다.

필요할 때 한 방씩 터뜨려 주는 타자들과 새로 메이저리그에 오른 벅 쇼, 올해 재기에 성공한 삼열, 그리고 올해 마이너리그에서 올라온 스테판 웨인. 스테판 웨인은 제2의 매덕스라 불리고 있었다. 그의 마이너리그 성적은 20승 3패, 평균 자책점 2.53이었다.

경기가 끝나자 선수들이 라커룸에 들어왔다. 그때까지 피칭을 하고 있던 삼열을 보며 선수들은 질렸다는 표정을 지었다.

"삼열, 우리가 이겼어!"

"수고했어!"

"삼열, 미안해."

1실점을 해서 삼열의 승리를 놓치고 타자들이 폭발해 얼떨결에 승리 투수가 된 에밀리가 삼열에게 사과했다.

"괜찮아. 넌 잘 던졌어. 상대 타자가 잘 쳤을 뿐이야."

삼열이 정말 아무렇지도 않은 표정으로 말하자 그제야 에밀리가 안심하였다. 삼열이 선수들과 이야기를 하는 사이 샘 잭슨 투수코치가 와서 인터뷰 준비를 하라고 했다.

삼열은 그를 따라 인터뷰 존에 들어갔다. 거기에는 감독과 오늘 두 개의 홈런을 친 빅토르 영이 있었다. 기자들의 인터뷰는 형식적이었다.

두 개의 홈런을 친 빅토르 영도 인터뷰를 했지만 오늘 재기에 성공한 삼열에 대한 관심이 가장 고조되어 있었다.

―마지막으로 빅토르 영 선수, 한마디 한다면요?

―팬들에게 감사를 드리고, 마지막으로 삼열! 제발 다시는 내 자리를 노리지 말고 투수로 롱런하기를 바란다.

빅토르 영이 애교 있게 혀를 내밀며 윙크를 하자 기자들이 웃음을 터뜨렸다.

―자, 이제 삼열 선수에 대해 인터뷰를 하겠습니다.

생방송이라 베일 카르도 감독과 빅토르 영에게는 질문을 짧게 했다. 오늘의 주인공은 그들이 아니라 삼열이기 때문이다.

―워싱턴 포스트의 존 마샬 기자입니다. 오늘 먼저 투수로서 재기에 성공하신 것을 축하합니다. 작년에는 홈런왕이었는데 올해는 어떨 것 같습니까? 포부를 한마디 해주시죠.

―전 야구를 하는 것이 행복합니다. 타자로 경기하는 것도 좋지만, 전 특히 투수가 가장 좋습니다. 그래서 도전을 한 것입니다.

―오늘 승리 투수 기회를 놓쳤는데 심정은 어떻습니까?

―솔직하게 말해도 되겠죠?

삼열이 정색하고 묻자 오히려 질문한 기자가 놀랐다.

―물론입니다.

―오늘 제 투구를 보면 전 승리 투수가 될 자격이 없었습니다. 그래서 별생각이 없습니다. 만일 제가 오늘 승리 투수가 되었다면 운이 매우 좋았을 뿐이겠죠. 운도 실력이기는 하지만, 전 단지 제가 투수로 돌아왔다는 감격 외에는 다른 것에 신경을 쓰지 않습니다. 나에게는 다음 기회가 있으니까요."

―아, 그렇군요. 그러면 다른 기자 분, 질문해 주시죠?

―시카고 트리뷴의 에드워드 존슨입니다. 오늘 보니 거의 대부분의 컵스 팬들이 파워 업 티셔츠를 입고 왔는데요, 어떻습니까?

—저도 보았습니다. 제 저지를 사주신 팬들에게 고맙다는 인사를 드리고 싶습니다. 제가 그동안 사고를 당하고 재활 훈련을 하느라 팔린 금액을 보지 못했습니다. 이제 저도 나았으니 다시 어린아이들에게 이익금의 일부를 사용하겠습니다.

　—일부에서는 마케팅으로 아이들을 이용한다는 말이 있던데요, 어떻게 생각하십니까?

　—맞습니다. 누가 아니라고 했나요? 저는 티셔츠의 판매 수익금 중 60%를 아이들을 위해 쓰기로 아내와 약속했습니다. 사실 나머지 40%의 금액도 큰돈이죠. 아이들을 이용하는 것은 맞습니다. 그래서 욕하실 분은 하시면 그만이죠.

　삼열은 이 말을 하고 고개를 빳빳이 치켜들고 한심하다는 표정으로 기자를 보고는 말을 하기 시작했다.

　—다만 제가 아이들을 마케팅에 이용해 한두 명의 생명이라도 살릴 수 있다면 그 행위는 고귀한 일이 아닌가요? 저보다 백배는 더 버는 메이저리그 구단들이 아무 일도 안 하는 것에 비하면 비난받을 일이 결코 아닙니다. 그리고 마지막으로, 아이들을 이용한다고 해도 제가 실력이 없었다면 아이들을 도와준다고 해도 사람들이 제 티셔츠를 사주지 않을 것입니다. 그렇지 않나요? 그렇다면 저 역시 보상을 받을 자격이 있는 거죠. 나는 자선 사업가가 아닙니다. 그냥 단순한 야구 선수죠.

삼열은 잠시 말을 멈추고 주위를 둘러보았다. 그리고는 확신이 가득한 목소리로 입을 열었다.

─아이들은 저를 따라다니며 파워 업을 외칩니다. 그게 제 잘못은 아니죠. 파워 업을 외치면 힘들고 어려운 일을 하는데 용기를 낼 수 있습니다. 전 제 팬들 중에 파워 업을 외쳐 미래의 훌륭한 과학자, 교수, 정치가 등등이 나오면 영광으로 알겠습니다.

불순한 의도로 질문했던 기자는 삼열의 도발적인 대답과 눈빛에 움찔 놀라 뒤로 물러났다.

─오늘은 이만 하기로 하겠습니다. 다음 기회에 또 뵙도록 하죠.


사회를 보던 구단 이사가 물러나자 인터뷰는 끝났다. 삼열은 짐을 챙겨 나왔다.

마리아가 기다리다가 삼열을 보고 미소를 지었다. 줄리아가 먼저 달려와 품에 안겼다.

"아빠!"

삼열은 줄리아를 안고 뺨을 비볐다. 마리아가 그 사이로 다가와 미소를 지으며 다정하게 말했다.

"여보, 축하해요! 오늘 멋졌어요."

"고마워. 다 당신과 줄리 덕분이야."

"나도 고마워요!"

마리아가 삼열에게 안겨 속삭이듯 말했다. 그러자 삼열의 오른손에 안겨 있던 줄리아가 소리쳤다.

"나도! 나도 고마워!"

"그래. 하하."

삼열은 다정하게 줄리아의 볼에 뽀뽀하고 마리아의 손을 잡고 나와 차를 몰았다. 줄리아는 차 뒤에서 소리를 지르며 방방 떴다.

"줄리, 안 돼!"

마리아가 다정하지만 낮은 목소리로 말하자 줄리아의 행동이 뚝 멈췄다.

그 모습을 보고 삼열은 미소를 지었다. 옆자리의 마리아도 수줍은 미소를 지었다. 그녀가 행복할 때 짓는 미소였다.

# 6. 인생의 의미

파란 오렌지의 이주현은 기분이 좋았다. 한국에서 가장 인기 있는 사람이라면 당연 강삼열이다. 그는 정말 무엇을 상상하든 그 이상이었다.

한국이 낳은 메이저리거! 그중에서도 그는 아주 특별했다.

이주현이 삼열을 좋아하는 이유 중의 하나는 그가 악동이라서였다. 착한 이미지의 캐릭터를 그녀는 싫어했다. 바른 생활 사나이는 매력이 없다. 꼭 엄마의 잔소리를 듣는 듯한 느낌을 주기 때문이다.

나쁜 남자에게 여자들이 끌리는 이유는 단순하다. 매력이

있기 때문이다. 나쁜 놈은 밥맛이다. 그러나 매력적인 남자가
나쁜 남자면 참아줄 만했다. 그리고 그 못된 점들도 은근히
매력적으로 보이기 시작하면 걷잡을 수 없이 빠져들게 된다.

주현은 62번 파워 업 티셔츠를 보며 미소를 지었다. 그녀가
삼열에게 응원가를 만들어준 다음 받은 선물이었다.

삼열은 사고를 당한 후 정신이 없어 미처 생각하지 못하고
있다가 최근에 그녀가 만든 응원가를 다시 듣게 되었다. 그
후에 선물에 대한 답례를 하지 않은 것을 기억하고 늦게나마
선물을 보낸 것이었다.

옷과 야구공에 모두 삼열의 친필 사인이 있어 그녀는 받고
크게 웃었다. 왜냐하면 나머지 언니들이 부러운 눈으로 바라
보았기 때문이다.

"아, 나도 응원가를 만들어서 보내줄걸. 내가 작곡은 더 잘
하는데."

"맞아, 나도 보낼걸. 광고도 같이 찍어서 얼굴을 익혔으니
팬이라고 하고 선물을 보내줄걸."

"만들면 뭐해? 주소도 모르는데. 저 앙큼한 것이 절대로 주
소와 이메일을 안 가르쳐 주잖아."

하나같이 부러운 눈으로 막내를 바라보았다. 이주현은 '음
하하하!' 하고 웃으며 자신의 트위터에 사진을 찍어 올렸다. 그
러자 폭풍 댓글이 달렸다. 그리고 올린 지 한 시간도 안 되어

삽시간에 인터넷 검색어 1위가 되었다.

"와! 언니들, 나 1위 먹었어. 흐흐."

"좋니? 좋아?"

나머지 멤버는 좋아 죽으려는 이주현을 째려보았다.

"그러면 뭐하니? 네 임은 유부남인데."

"유부남이면 어때? 그냥 좋아도 못하나?"

"문제는 그 유부남이 너를 생각도 안 한다는 것이지."

"그렇지? 삼열 님은 너무 가정적이어서 바람도 안 피울 거야. 그리고 그분의 아내가 너무 아름다워서 우린 명함도 못 내밀어."

"맞아, 맞아! 얼마나 아름다운지 마치 올리비아 핫세 같잖아!"

파란 오렌지의 나머지 멤버들이 모두 이주현을 놀렸지만 그녀는 실실 웃기만 할 뿐 전혀 기가 죽지 않았다.

"저번에 만들어준 곡이 너무 우아해서 응원가로 못 쓰고 있다니까 이번에는 조금 유치하게 만들어서 보내야지."

이주현이 일어나 방으로 들어가자 나머지 멤버들도 서로 눈빛을 교환하더니 각자 자신의 방으로 들어갔다.

한국에서 삼열의 인기는 가히 폭발적이었다. 단지 그가 잘나가는 메이저리거이기 때문은 아니었다. 그가 이룬 업적 때문도 아니었다. 불행한 운명을 개척한 강인한 그의 의지에 감동했기 때문이다.

사람들은 거리를 지날 때 흔하게 야외 광고판에서 삼열이 공을 던지는 모습뿐만 아니라 홈런왕이 되는 모습까지 볼 수 있었다. 지상파 방송뿐만 아니라 종합 채널에도 삼열이 나온 광고가 매일같이 방송되었다.

루게릭병, 고아, 서울대 수석 합격, 메이저리거, 교통사고, 홈런왕, 좌완 투수, 그리고 아름다운 아내와 딸.

이 모두가 그를 수식해 주는 말들이었다. 거기에 최근에 결말이 난 민사 소송은 대한민국의 최대 화제였다. 어린 조카의 재산을 가로챈 인면수심의 친척과의 소송에서 마침내 삼열이 승소한 것이다.

1심에서는 삼열이 패했다. 작은아버지의 이름으로 된 재산을 몰수하는 판결이 나왔지만 그 부인 앞으로 돌려놓은 재산에 대한 것은 기각을 당했다. 하지만 2심에서 승소하고 대법원에서마저 승소했다. 그뿐만 아니라 배임과 횡령죄까지 인정되어 실형이 선고되었다. 이 소식을 삼열도 변호사를 통해 전해 들었다.

한국에서 삼열이 광고한 제품은 불티나게 팔려 나갔다. 최근에 삼영 전자와 현다이 자동차는 삼열의 광고 덕을 톡톡히 보았다. 국내에서뿐만 아니라 동남아에서도 삼열의 인기는 폭발적이었다. 중국과 일본도 마찬가지였다.

사람들은 천재의 불행에 연민을 느꼈으며, 그가 불운과 절망을 극복하고 메이저리그 정상에 우뚝 섰을 때 묘한 카타르시스까지 느꼈다.

'You can do it! 당신은 할 수 있습니다!'라는 광고 문구는 사람들의 마음을 울렸다. 삭막하고 희망도 없이 하루하루 힘들게 살아가는 현대인들에게 삼열의 인간 승리는 엄청난 용기를 주었다.

사실 삼열보다 더 큰 불행을 당한 사람이 있기란 쉽지 않다. 특히나 그의 인기는 불치병에 걸린 사람들, 그중에서도 아이들에게 큰 용기가 되었다.

가장 신이 난 사람은 역시나 KBC ESPN의 담당자들이었다. 광고가 폭풍처럼 밀려왔다. 과거 4년 동안 받았던 광고보다 지금 한 달 동안 몰려든 물량이 더 많을 정도였다. 당연히 광고비가 폭등했지만, 광고는 그래도 줄지 않았다.

홍성대 국장은 김인호 이사와 그의 사무실에서 이야기했다. 늘어난 광고비로 다음 해부터 있을 컵스의 중계방송권을 사는 데 유리한 고지를 점령한 것이다.

특히 그동안 ESPN에서 방송하던 것을 작년부터 지상파인 KBC에서도 생중계하면서 매출은 급격하게 늘어났다.

작년에는 타자로 나와 방송하기가 애매했었는데 올해부터

다시 투수로 나오니 이제 땅 짚고 헤엄치기였다.

"홍 국장, 이제 슬슬 작업을 시작해야지. 다른 방송사에서도 노리고 있는 것 같은데."

"그러긴 해야 하는데 올해부터 타 방송사들도 뛰어들 것이라 쉽지 않을 것 같습니다."

"자네도 이제 이사 한번 해봐야지."

홍성대는 김인호의 말을 듣고 정신이 번쩍 들었다. 그는 노련하게 김인호의 얼굴을 보았다.

"올해 장대식 이사가 은퇴를 하지. 그리고 이명현 이사도 같이 은퇴를 할 거야. 자리가 둘이나 비는데 한번 노려봐야 하지 않겠어? 이번에 성사되면 내가 밀어줄 수 있네. 이미 다른 이사들하고도 다 이야기가 되었어."

"그렇습니까?"

"그래, 하하. 그러니 힘 좀 써봐! 요미우리를 방송했던 그 녀석들은 죽을 쒔잖아."

"그렇죠. 이성범이 타자여서 방송 시간이 애매했고, 무엇보다 한국인들이 일본을 싫어해서 별 관심을 보이지 않았었죠. 그리고 메이저리그보다 수준도 낮고요."

"그래, 바로 그거야. 독점 방송권을 따내면 바로 이사로 승진시켜 주겠네."

"그러면 바로 미국으로 날아가겠습니다."

"그래, 그래. 이제야 자네답군! 하하하!"

김인호는 소리 내어 호탕하게 웃었다. 재계약을 해야 하는데 자꾸 담당자가 미적거리고 있으니 간부진이 모두 안달이 난 것이다.

황금알을 낳는 거위인 삼열이 출전하는 메이저리그 중계권을 따오는 것은 매우 중요했다. 올해 좌완으로 변신해서 예전만 하지 못하겠지만 오히려 인기는 더 올라갔다. 그러니 이유를 불문하고 계약을 해야 했다.

홍성대는 김인호의 이사실을 나오면서 회심의 미소를 지었다. 아쉬운 놈이 우물을 판다고, 저번에 계약했어도 인사고과에 반영이 제대로 되지 않았다. 물론 대외적으로 이름이 높아지긴 했지만 실속이 없었던 것이다.

홍성대는 이사실을 나오자마자 간부회의를 열었다. 이번에는 네 명의 부하 직원이 모였다. 홍성대는 주위를 둘러보고 입을 열었다.

"이번에 미국에 가야겠어."

"원더풀 라이프와 계약하기 위해서입니까?"

"그래. 이번에는 극비다. 만약 말이 새어 나가면 각오해. 마누라, 자식, 친구, 그 누구에게도 말하면 안 돼. 무조건 누설되면 니들은 회사 생활 힘들어질 거야. 노조 가입했다고 안심하지 마. 잘리진 않겠지만 내가 이 회사에 있는 한 서울을 포함

한 대도시에는 올 수 없게 만들 테니까. 알아들었어?"

"네."

모두 겁먹은 표정으로 대답했다. 노조가 있어도 인사 발령을 애먼 데로 내버리면 말짱 황이다. 속된 말로 제3세계에 발령을 내린다든지, 그것도 아니면 지방 발령을 해버리면 대책이 없다.

"그러니 내가 올 동안 술자리 금지다. 집에서도 안 돼. 무슨 말인지 알지?"

"그렇게까지……."

"너 이 자식, 죽고 싶어? 네가 내 앞길 가로막겠다는 거야, 뭐야? 니들도 알아둬. 비공식적이지만 곧 자리가 두 개 날 거야. 내가 승진하면 그다음 누구겠어? 니들이야."

"아!"

그제야 얼굴이 밝아진 부하직원들이 고개를 끄덕였다.

홍성대는 다음 날 아침 미국행 비행기에 몸을 실었다. 그 옆자리에는 저번에 계약을 체결한 박종희 대외업무팀장과 꼴통 강대식이 앉았다.

"이봐, 준비들 다 해놨지?"

"물론입니다. 담당자는 바뀌었지만 문제는 없습니다. 그런데 이번에는 컵스와 계약을 해야 할 것 같습니다."

"그건 왜?"

"존스타인이 중계방송권을 챙기기 시작했다고 합니다. 물론 자잘한 계약은 원더풀 스카이에게 일임했지만 이번 건은 그가 직접 챙기는 모양입니다."

"그래……?"

홍성대는 얼굴을 찡그리고는 손가락을 마주 잡고 우두둑 소리를 내며 마찰시켰다.

"자료는 언제 넘긴대?"

"오성호 팀장이 정리해서 내일 이메일로 보낼 겁니다. 이번에는 참가할 방송사만 하더라도 다섯 개는 넘을 것 같습니다."

"그렇겠지. 왜 안 그러겠어."

이야기를 마친 홍성대는 눈을 감았다. 기내식을 먹자 졸음이 몰려온 것이다.

*      *      *

삼열은 갑자기 찾아온 손님 때문에 어리둥절했다. 한국 방송사라고 하는데 왜 자기를 만나려고 하는지 몰랐다. 들어보니 무슨 계약을 하러 왔다는데 왜 자기를 찾는지 이해가 되지 않았다.

문을 열자 세 명의 남자가 서 있었다.

"어서 오세요."

굳이 왜 집으로 방문하겠다고 했는지 모르겠지만 삼열은 일단 만나보기로 했다.

"아빠!"

줄리아가 고개를 내밀고 낯선 남자들을 바라보고 있었다.

"줄리아, 이리 와서 인사해. 손님들이야!"

"하이!"

"어, 그래. 하이!"

줄리아는 삼열을 놓지 않고 발에 매달렸다. 홍성대는 TV에서 본 것보다 더 예쁜, 갈색 머리에 커다란 눈의 아이를 보고 칭찬을 했다. 아이 곁에는 돼지 한 마리와 커다란 개가 떠나지 않고 있었다.

"여보, 손님 오셨어. 차 좀 줘."

"네, 어서 오세요."

마리아가 나와 한국말로 인사하자 홍성대는 조금 놀란 표정으로 인사를 했다. 일행은 거실로 이동해 자리에 앉아 마리아가 준비해 준 커피를 마시며 이야기를 나눴다.

"그런데 무슨 일로 오셨습니까?"

"올해 저희 KBC ESPN의 삼열 선수 중계권이 만료됩니다. 그래서 연장 계약차 들렀습니다."

"아, 네. 그런데 저는 왜……?"

삼열은 어리둥절한 표정으로 홍성대를 바라보았다. 상대는 구단과 연락을 해서 자신의 주소를 알아내 찾아온 것이었다. 그러니 삼열도 거절하기 곤란해서 맞이하기는 했지만, 계약하는데 왜 자신을 찾아온단 말인가.

　"아, 이건 선물입니다."

　"아, 네."

　삼열은 홍삼 세트를 받아 마리아에게 주었다. 뭐, 그러려니 했다. 홍성대가 입을 열었다.

　"매달 택배로 ×××에서 이곳으로 보낼 것입니다."

　"아, 뭐 그렇게까지……."

　삼열은 그제야 고맙다는 인사를 했다. 홍삼이 좋기는 하지만 선물 상자 하나로는 별 도움이 안 되니 그런가 보다 했는데 매달 준다면 이야기가 달랐다.

　"저만 입이 아니고 제 아내와 딸도 먹어야 하는데……."

　"하하, 걱정하지 마십시오. 그까짓 홍삼이 얼마나 한다고 그러십니까? 그동안 저희가 강 선수의 방송을 해서 덕을 본 게 어디인데요."

　"뭐, 그렇게까지 해주신다면 저야 고맙죠."

　뇌물이 오고 가니 분위기가 훈훈해졌다.

　삼열은 돈이 많아도 공짜를 많이 밝혔다. 어릴 때 너무 어렵게 살다 보니 돈이 있어도 쓰기가 아까웠다. 다행히 마리아도 검소한 편이라 이런 면에서는 서로 죽이 잘 맞았다.

"사실 저희가 찾아온 것이 의아하시겠지요."

"네, 그렇죠."

"솔직히 말씀드리면 이번 계약은 아마도 컵스와 직접 하게 될 것입니다. 이전에는 원더풀 라이프와 5년 계약을 했었지요. 원더풀 라이프와 계약을 하게 되면 저희가 찾아뵐 필요가 없었는데… 그러니 좀 도와주십시오!"

"네?"

다짜고짜 도와달라는 홍성대를 보며 삼열은 어이가 없었다. 일개 선수에 지나지 않은 자신이 어떻게 도울 수 있다는 말인가.

"어쩌면 이 계약에 가장 가까이 있는 사람은 강 선수입니다. 강 선수가 아니면 우리가 뭐하러 메이저리그를 중계하겠습니까?"

삼열은 홍성대의 말을 듣고 고개를 끄덕였다. 그러고 보니 이 계약 자체가 자신과 연관이 있는 것이었다. 그동안 원더풀 라이프와 컵스가 입을 싹 닦은 것이었다. 중계권에 대한 언급을 계약서에 명시하지 않아 뭐라고 할 말은 없었지만 왠지 억울했다.

"올해 저희 회사뿐만 아니라 다른 방송사도 계약에 뛰어들 것입니다. 이런 말씀을 드리기 뭐하지만 저희가 강 선수의 도움을 받아 많이 먹었습니다. 대신 강 선수 역시 우리의 도움을 간접적으로 받았지요."

"아니, 내가 뭘요?"

"한국 기업과의 광고 계약 말입니다."

"아⋯⋯."

삼열은 홍성대가 무엇을 이야기하는지 바로 알아차렸다. 그제야 왜 한국 기업이 그렇게 자신에게 매달리는지도 알아차렸다.

KBC가 방송하지 않았다면 한국에서 자신의 인기나 지명도가 지금처럼 높을 리 없었다. 어쩌다가 9시 뉴스에 나오는 것과 매번 등판할 때마다 생중계해 주는 것은 인지도 면에서 하늘과 땅 차이였다.

"하하, 그리고 나도 강 선수가 다닌 서울대의 경영학과 출신입니다."

"아, 네."

삼열은 한 학기도 다니지 못한 서울대여서 그다지 애착은 없지만, 그래도 홍성대가 선배라고 하니 그런가 보다 했다.

"그런데 제가 어떻게 돕죠?"

"컵스는 지금 강 선수에게 아주 온정적입니다. 시쳇말로 강 선수가 없으면 팥 빠진 찐빵이지요. 그리고 다른 곳은 몰라도 한국과의 중계 계약은 전적으로 삼열 선수 때문에 발생하는 계약이니 제삼자도 아니지요. 그러니 도와주십시오."

삼열은 홍성대의 말을 듣고 이 계약에서 떨어질 팥고물이 꽤 많을 것으로 생각했다.

"그럼 어떻게……?"

삼열이 웃으며 물었다. 그는 관심 없는 척하며 말꼬리를 죽였다. 그러자 홍성대가 눈치를 챘다. 삼열이 욕심이 많다고 하더니 진짜였다.

"사실 저희 회사로서는 리베이트하기는 힘듭니다. 컵스 담당자에게라면 모르지만요."

홍성대의 말에 삼열이 고개를 끄덕였다.

"그래서 말씀드리는데 스타에게 이미지는 매우 중요합니다. 그런 면에서 강 선수는 최상급이지요. 특히 한국에서는 말이죠."

"……?"

삼열은 천재이긴 하지만 사회생활에서는 홍성대를 따라갈 수 없다. 특히나 방송사에서 구르고 구른 구렁이를 당할 재간이 있을 리 없었다.

"티셔츠를 판매하고 난 돈으로 아이들을 돕는다고 들었습니다."

홍성대의 말에 삼열이 고개를 끄덕였다.

"저희가 반을 대겠습니다. 물론 무한정 그렇게 할 수는 없지만 일 년에 2억 범위 내에서 지원을 해드리겠습니다. 대신 저번에 아이들의 수술을 한국에서 한다는 이야기를 얼핏 들었는데, 저희 방송사가 병원 섭외는 물론 기타 필요한 모든 것을 대행해 드리겠습니다."

"오, 정말요?"

"그렇습니다."

삼열은 홍성대의 말이 마음에 들었다. 홍성대의 말대로 한다고 돈이 절약되는 것은 아니지만 치료해 줄 수 있는 아이가 한 명에서 두 명으로 늘어난다. 그렇게 되면 자신의 이미지는 더욱 좋아질 것이고 불쌍한 아이들은 더 많이 병을 고치게 되니 일거양득이다.

삼열이 마음에 들어 하자 홍성대가 은근한 어조로 이야기했다.

"사실 언론사가 끼면 치료비도 적게 듭니다. 병원 홍보가 되니까요. 아무래도 담당 의사 인터뷰도 많아지고, 툭 까놓고 말해서 병원 마크나 건물도 선명하게 찍어주거든요. 그렇게 되면 한 명 수술할 수 있는 돈으로 세 명까지도 할 수 있을 것입니다."

"오! 정말 그렇겠네요."

"뭐, 이런 일이야 고상한 강 선수보다 우리같이 좀 지저분한 바닥에서 구른 사람들이 더 잘하지요. 최고의 병원에서 아이들을 수술할 수 있도록 해드리겠습니다. 그리고 그 티셔츠 말입니다."

"네, 파워 업 말이죠?"

"그것을 매번 방송에 선전해 드리겠습니다. 시간을 내어 따로 광고해 드리기는 힘들겠고, 자투리 시간을 이용해서 하거나 아니면 강 선수가 삼진을 얻거나 완봉승을 하거나 할 때 하단에 작게 광고를 내보내는 거죠. 그러면서 한국에서 팔린 티셔츠로 한국 어린이를 치료해 주면 좋지 않겠습니까? 그것도 싸고 좋은 의사 밑에서요."

"제가 한번 구단에 말해 보죠."

"하하, 정말 감사합니다."

홍성대가 일어나 허리를 굽혀 인사를 했다. 뻔뻔한 삼열도 가만히 있기 뭐해 같이 일어나 고개를 숙였다.

삼열은 홍성대가 돌아간 다음 구단에 거북한 마음이 생겼다. 구단으로부터 이런 이야기가 일절 없었던 것이다. 이번 계약은 저번 계약과 달리 꽤 큰돈이 오갈 것이 틀림없었다.

'같이 먹어야지!'

삼열은 어떻게 하면 좋을까 생각했다.


"아빠, 아빠. 안아줘!"

삼열은 보채는 딸을 안아 뺨에 뽀뽀하고 무등을 태우고 놀왔다. 삼열이 걸어가면 그 옆에 도니와 제시도 따라왔다.

태어나서 처음 만난 주인이라 그런지 동물들은 줄리아를 매우 잘 따랐다. 줄리아의 말이라면 죽는 시늉까지 했다. 그럴 수밖에 없는 것이 줄리아는 평상시에는 무척이나 다정하지만 화가 나면 무서운 폭군으로 돌변하기 때문이었다.

"여보, 연습하러 안 가요?"

마리아가 딸과 놀고 있는 삼열에게 다가와 이야기를 했다.

"어, 시간이 이렇게 지났네. 가야지."

삼열이 일어나니 줄리아는 떼를 쓰고 울려고 하다가 마리아가 째려보자 허리를 꼿꼿이 세우고 입을 다물었다. 엄마의 잔소리는 아무리 막무가내인 줄리아도 무서운 모양이었다.

삼열이 가방을 챙겨 나오자 줄리아가 울 듯한 얼굴로 손을 흔들었다. 그 모습이 너무나 귀엽고 사랑스러워 삼열은 딸을 꼭 껴안고 뽀뽀했다.

"아빠, 빨리 와!"

"응, 알았어!"

대답은 했지만 일찍 올 수 있을 리가 없었다. 오늘도 시합이 있기 때문이다. 오늘은 세 번째 선발 등판하는 날이다.

삼열은 차를 몰면서 미소를 지었다. 지난 10일 동안 흔들리는 제구를 잡았다. 두 번째 경기인 애리조나 다이아몬드백스와의 경기에서 삼열은 6회까지 무실점으로 승리 투수가 되었다.

오늘은 홈경기로 서부 지구에 소속된 샌프란시스코 자이언 츠와의 경기였다. 작년 서부 지구 우승 팀이고 올해도 무척 잘나가고 있는 팀이었다.

삼열은 연습장에 도착해 몸을 풀었다. 그리고 마음을 정돈하고 공을 천천히 던졌다. 릴리스 포인트가 원하는 대로 되었다.

아직까지는 투구폼이 완벽하지는 않았기에 지난 10일 동안 밤잠도 아끼면서 섀도 피칭으로 투구폼을 가다듬었다. 그 효과가 오늘 나타났다.

오늘따라 몸이 가볍고 공이 원하는 곳으로 들어가 박혔다. 직구에 몸무게를 얹으니 구속이 증가했을 뿐만 아니라 무브먼트도 좋아졌고 공도 묵직해졌다. 오른손으로 던졌을 때와 마찬가지로 위력적인 공이 된 것이다.

"하하하, 이제 니들은 죽었어!"

삼열은 기분 좋게 웃었다. 왼손으로 직구의 구속이 158㎞/h까지 나왔다. 거의 마틴 스트라우스의 구속에 육박하니 타자들이 제대로 공략할 리가 없다. 그것도 좌완 투수이니 어떤 의미로는 마틴 스트라우스가 던지는 공보다 더 빠르게 느껴질 것이다.

커터와 투심, 체인지업과 커브가 아직 매끄럽지 않지만 그렇다고 불안한 정도는 아니었다. 한 번 갔던 길이라 쉬울 것으로 생각했었는데 그것이 맞아떨어졌다. 2년 동안 노심초사하며 훈련에 훈련을 거듭한 결과였다.

"오, 좋은데!"

어느새 배트를 휘두르며 연습하던 로버트가 옆으로 다가와 말했다. 삼열은 뒤돌아서 로버트를 보며 웃었다. 로버트는 적어도 야구에 관해서 천재다. 비록 타자지만 투수들의 공을 보는 안목 역시 수준급이다. 지난번과 이번에 던진 공의 위력 차이를 그는 재빠르게 눈치챘다.

그는 수비 분야에서 이미 메이저리그 최고의 2루수다. 다만 높은 장타력에 비해 홈런이 많지 않은 것이 흠이라면 흠이었다.

"동생들은 잘 있어?"

"어, 안나가 이번에 고등학교 들어갔어."

"오, 그래?"

네 명의 동생과 부모님의 생계를 책임지는 그를 보며 삼열은 그가 행복하다고 생각했다. 이제 제법 연봉이 올라 결혼을 해도 되는데 로버트는 여전히 망설이고 있었다. 그는 여자를 두려워했다. 아니, 현실에서 아는 것이 별로 없는 그는 제대로 된 여자를 만날 수 있을지를 두려워했다.

사랑하는 여자와 가족 사이에 불화가 생기면 어쩌나 걱정하며 불안해하는 그를 삼열은 이해했다.

어떤 여자가 남편이 버는 돈으로 시댁을 부양하는 것을 흔쾌히 받아들일 수 있을까를 생각하니 쉽지가 않았다. 아이가 생긴다면 더욱 그럴 것이다.

잠시 후에 칼스버그가 와서 한 시간가량 몸을 풀면서 구질을 테스트했다.

"오늘 좋은데."

칼스버그가 삼열의 공을 받아보고는 칭찬했다. 삼열은 웃으며 그를 바라보았다. 이제 새로운 도전이 시작된 것이다.

삼열은 몸이 어느 정도 풀리자 리글리 필드로 갔다. 슬슬 러닝을 하며 운동을 하고 있는데 나머지 선수들이 도착했다. 사실 세 시까지 나와도 그날 경기를 하는 데 불편함이 없다. 하지만 일찍 나오면 그만큼 여유 있게 준비를 할 수 있으니 결국에는 일찍 나올수록 시합에서 이길 확률이 올라간다.

"자, 오늘 파워 업 하자고!"

레리 핀처가 어린아이처럼 해맑은 미소를 지으며 소리쳤다.

"파워 업!"

주위에 있던 선수들도 모두 파워 업을 외쳤다. 감독이 나와 오늘 경기의 전략에 대해 설명하고 오늘 어떻게 경기를 해야 하는지에 대한 지침도 내렸다.

"자, 우리 삼열이 또 승리 투수 돼야지."

"위하여!"

모두 같이 삼열을 격려했다. 로버트가 다가와 작은 소리로 말했다.

"야, 너 밥 사라. 오늘 승리 투수 되면."

"오케이."


삼열은 편안한 마음으로 시합이 시작될 때를 기다렸다. 관중들이 경기장에 들어선 다음 잠시 틈을 내어 1루 쪽 관중석에 가서 아이들에게 사인을 해주고 오니 상대 팀 선수들도 나왔다. 그리고 얼마 지나지 않아 경기가 시작되었다. 삼열은 호흡을 크게 내쉬었다.

마운드가 너무나 친밀하게 느껴졌다. 마치 집처럼 자유롭고 편안했다. 삼열은 샌프란시스코 자이언츠의 1번 타자 잭 두우를 바라보았다.

턱수염을 기르고 우락부락한 잭 두우는 우타자이며 변화구와 빠른 공에 모두 강하다. 1번 타자치고는 매우 공격적이며 장타율도 높다.

삼열은 공을 던졌다. 공은 빠르게 날아갔다.

딱.

공이 데굴데굴 삼열의 발 앞으로 굴러왔다. 삼열은 느긋하게 잡아서 공을 1루에 던졌다. 이번 공은 컷 패스트볼이었다.

좌완으로 전향하면서 커터와 투심의 구속은 오른손으로 던지는 것과 별 차이 없이 나왔다.

직구의 스피드는 낮지만 커터와 투심과 차이가 별로 없는 것은 엄청난 메리트로 다가왔다. 리베라의 공이 위력적인 이유는 커터와 포심 패스트볼의 공속 차이가 거의 없기 때문이다. 따라서 타자는 날아오는 공이 커터인지 패스트볼인지 알수가 없다.

2번 타자 멜린 바우어가 타석으로 나오며 고개를 좌우로 흔들었다. 삼열은 멜린 바우어에 대한 기억을 더듬었다.

멜린 바우어, 빠른 공에 약하지만 변화구나 체인지업에 의외로 강하다. 몸쪽 공에 약하며 승부욕이 매우 강하다.

삼열은 빠른 직구를 몸쪽으로 바싹 붙였다. 하이 패스트볼에 바우어의 배트가 딸려 나왔다.

펑.

"스트라이크."

삼열은 미소를 지었다. 그리고 다시 빠른 직구를 바깥쪽으로 던졌다. 바우어는 서서 스트라이크를 당했다. 몸쪽으로 공이 날아왔다가 바깥쪽으로 빠지면 타자는 속수무책으로 당한다. 그렇게 되면 바깥쪽 공이 유난히 더 멀어 보이기 때문에 스트라이크도 볼처럼 보인다.

삼열은 체인지업을 던져 3구 삼진을 시켰다. 관중석에서 박수가 쏟아졌다. 삼열은 묵묵히 다음 타자를 기다렸다. 3번 타자는 자이언츠 공격의 핵이 되는 선수다.

작년에 자이언츠가 지구 1위를 하는 데 일조를 한 마틴 스쿠르텔은 작년에 191안타에 9홈런, 타율 0.297을 기록했다. 장타력은 0.392로 높지 않으나 찬스에 강하고 끈질긴 타자였다. 몸쪽과 바깥쪽 공 양쪽 다 강했다. 게다가 발까지 빨라 열 개의 도루도 했다.

삼열은 타자를 무심한 눈빛으로 바라보았다. 대부분 타율이 높은 타자들은 정상급 투수에게도 곧잘 안타를 때려내지만, 실제로는 평균 자책점이 좋지 않은 선수들의 공을 집중적으로 공략해서 올린다.

삼열은 공을 던졌다. 공이 몸쪽에 꽉 차게 들어갔다.

펑.

"스트라이크."

156㎞/h의 공이 몸쪽으로 날아갔다. 라이징 패스트볼이었다. 라이징 패스트볼이라고 하지만 실제로 공이 떠오르는 것은 아니다. 공이 투수의 손을 떠나는 순간 속도는 계속해서 떨어지는 것이 정상이다. 그리고 그것이 과학적인 논리다.

그런데 볼의 속도가 앞에서 꺾이지 않으면 떠오른 것처럼 타자의 눈에 비친다. 그렇게 되면 공이 눈과 가까워져 저절로 배트가 나가 버린다. 그래서 라이징 패스트볼은 타자에게 무척 위력적인 공이 되는 것이다. 전성기 때의 박찬호가 라이징 패스트볼을 자주 던지곤 했다.

마틴 스쿠르텔은 어깨를 한 번 움찔거리더니 배트를 다시 몇 번 휘두르고 타석에 섰다.

삼열은 공을 던졌다. 이번에도 공이 몸쪽으로 날아갔다. 다만 낮게 제구가 되었다.

펑.

"스트라이크."

삼열은 호흡을 가다듬고 다시 공을 던졌다. 이번 바깥쪽 투심에 마틴 스쿠르텔은 꼼짝하지 못하고 아웃을 당했다.

3구 삼진으로 1회 초를 마무리하고 삼열은 마운드를 내려왔다. 관중들의 환호와 박수가 뒤따랐다.

"와우! 멋진데."

에밀리가 삼열의 곁에 다가와 이야기했다. 그는 요즘 가장 좋은 중간계투 요원으로 컵스에서 이름을 날리고 있다.

삼열은 에밀리의 칭찬에 미소를 지었다. 그는 아직도 지난번 경기에 대해 미안해하고 있는 것 같았다. 삼열은 별로 신경 쓰지 않았지만 마음이 여린 그는 계속 미안한 마음을 갖고 있었다.

이럴 경우는 그냥 모른 척하는 것이 최고다. 괜히 그때 일은 잊으라고 하면서 언급하면 오히려 상처가 덧난다. 자신이 정말 괜찮다는 것을 알게 되면 그도 잊을 것이니까.

아마도 삼열이 올해 재기하는 해였고 한 해 20승 이상을 무난하게 할 선수인데 자신이 중간에 구원으로 나와 점수를 내준 바람에 승리 투수가 되지 못한 데다 오히려 자신이 승리 투수가 된 것이 마음에 걸리는 듯하였다.

삼열은 신경 쓰지 않았다. 살다 보면 이런 일도 있고 저런 일도 있는 법이다. 그때마다 속상해하면 살기가 버거워진다. 서로 최선을 다했으면 그만이다. 그것은 오늘 경기도 마찬가지다.

삼열은 노트를 꺼내 타자들의 특징을 적었다. 노트에 적지 않아도 그의 명석한 머리는 물론 다 기억할 수 있지만 이렇게 기록을 해놓으면 나중에 자료를 정리하기가 쉬워진다.

오늘 자이언츠의 투수는 J.P.이디어. 스물두 번째 퍼펙트게임의 주인공이다.

삼열이 스물세 번째 퍼펙트게임을 이루었으니 오늘은 오랜만에 치러지는 빅게임이었다.

퍼펙트게임을 이룬 투수끼리의 맞대결이라 사람들은 어마어마한 관심을 가졌다. 표가 진작 매진이 되었을 뿐만 아니라 암표가 열 배나 비싸게 팔렸다.

삼열은 나른한 표정으로 J.P.이디어가 공을 던지는 것을 지켜보았다. 공이 역시 좋았다. 무브먼트가 살아 있었다. 포수의 미트에 박힐 때는 마치 벌이 윙윙거리듯 공이 춤을 췄다.

'쉽지 않겠네.'

작년에 JP.이디어는 16승 6패, 평균 자책점은 2.93이었다. 220이닝을 소화해 냈으니 승패 없이 끝난 경기가 많았다.

삼열은 눈을 감았다. 자신은 그냥 잘 던지기만 하면 되었다. 이제는 전처럼 긴장도 많이 되지 않았다. 낮에는 나른한 봄날의 날씨였지만 저녁이 되면서 약간 서늘한 바람이 간혹 불어왔다.

딱.

"와아!"

삼열은 시끄러운 소리에 눈을 떴다. 존리가 손을 번쩍 들고 천천히 달리고 있었다.

"어."

삼열이 잠시 눈을 감고 있는 사이에 존리가 2점 홈런을 쳤다. 의외의 결과였다.

삼열은 낭패한 표정을 짓고 있는 JP.이디어를 바라보았다. 레리 핀처의 빗맞은 공이 운 좋게 안타가 된 후 존리에게 바로 홈런을 맞은 것이었다.

"오우!"

삼열은 일어나 홈 플레이트로 들어와 베이스를 밟는 존리를 멍하게 바라보았다. 그러면서 생각했다.

'오늘은 쉽게 가겠는데.'

자신도 모르게 입가가 올라갔다. 그가 아무리 잘 던지면 뭐하겠는가? 상대 투수도 같이 잘 던지면 승부는 나지 않는 법이다. 그러니 상대 투수가 실투로 점수를 잃으면 그보다 더 좋은 소식은 없다.

홈런은 존리가 쳤는데 삼열의 응원가가 들려왔다. 존리는 들어와 동료 선수들의 축하를 받으면서도 삼열에게 한마디 했다.

"쳇, 내가 잘해도 네 이름만 뜨네."

"……"

얼굴에 철판을 깐 뻔뻔한 삼열도 입을 다물고 가만히 있었다. 조금 미안했던 것이다. 언제나처럼 거만한 표정의 존리가 한쪽 구석으로 가서 앉았다. 한동안 방송국 카메라가 삼열과 존리를 교차해서 잡았다.

삼열도 의자에 앉아 눈을 감았다. 그러자 세상이 조용해졌다. 마음을 가라앉히고 어떻게 오늘 던질 것인가를 생각하니 이미 1회가 끝나 있었다.

삼열은 벽 쇼가 어깨를 흔들어 깨우자 벤치에서 일어나 마운드로 천천히 걸어 나갔다. 그는 걸으면서 왼손을 좌우로, 아래위로 흔들었다.

"자, 이제 시작하자."

삼열은 주위를 둘러보며 나직하게 속삭였다. 이제 쇼 타임이 온 것이다.

삼열은 타자들의 특성과 약점을 모두 알고 있었다. 지난 시즌 동안 차분하게 조사를 했다. 또한 내셔널 리그에서 2년 동안 타자들을 상대하면서 얻은 경험도 포함되었다. 그것은 좌완 투수가 되면서 이전보다 약해진 구속이나 제구의 빈틈을 커버하고도 남았다.

4번 타자는 베일 포지. 이미 몇 번 상대해서 잘 아는 선수였다. 작년에 베일 포지는 173개의 안타를 쳤고 타율은 0.333이었다. 특히 홈런은 25개에 장타율이 0.542나 된다.

그동안 취약하던 슬라이더에 대한 대처 능력조차 향상되어 어느 곳으로 던지든 안타를 칠 수 있게 되었다. 이런 타자에게 도망가는 공은 쥐약이다.

삼열은 어디로 던지든 스트라이크를 칠 수 있는 베일 포지를 보며 공을 던졌다. 공이 미끄러지듯 바람을 타고 날아갔다.

딱.

외야로 떨어지는 공을 헨리 아더스가 슬라이딩을 하며 잡았다. 베일 포지는 자신의 공이 잡히자 아쉬운 표정을 지으며 타석에서 물러났다. 그러면서 삼열을 향해 손을 흔들었다. 삼열도 그를 보며 고개를 끄덕였다.

예전에 홈으로 삼열이 파고들 때 위험한 블로킹을 해서 사타구니를 가격당한 이후 둘은 올스타전에서 만나 서로 감정을 푼 적이 있었다. 그 뒤로 만나면 서로 친한 척을 하고 지냈다.

다음 타자 오브리언 커프는 작년에 3루수의 구멍이라고 할 만큼 수비에 문제를 드러내었다. 그뿐만 아니라 타격에도 문제가 있다. 작년에 56경기에 나가 타율이 0.179이었다.

그는 경기 중에 히트 바이 어 피치드 볼에 맞아 부상을 당했다. 맞은 부위가 바로 오른쪽 발등이었는데 빠른 공이 직선으로 날아와서 맞았다. 그 후 다음 타석에서 안타를 치고 달리다가 부상이 악화되어 교체된 후 한동안 타석에 서지 못했었다.

삼열은 바깥쪽으로 빠지는 공을 던졌다. 공이 빠르게 날아가 유려한 비행곡선을 그리며 포수의 미트에 빨려들었다.

펑.

"스트라이크."

삼열은 다음 공을 안쪽으로 붙게끔 던졌다. 다시 삼열은 와인드업하고 공을 던졌다. 이번에는 커터였다. 공이 날아오자 오브리언 커프가 배트를 힘껏 휘둘렀다.

딱.

삼열은 자신의 왼쪽으로 굴러온 공을 빠르게 잡아 1루에 던져 아웃 카운트를 잡았다.

다음 타자는 존 슐츠였다. 그저 그런 타자다. 가끔 결정타를 때리는 노련함이 돋보였지만 작년 타율은 0.239에 지나지 않았다.

삼열은 몸쪽을 파고드는 커터를 던졌다.

딱.

배트가 부러지며 굴러온 공이 삼열의 발에 맞고 2루로 굴절되었다.

삼열이 뒤를 돌아보니 이미 로버트가 공을 잡아 1루에 던지고 있었다. 삼열은 존 슐츠가 아웃되는 것을 보고 마운드에서 내려왔다.

오늘은 아직 2이닝밖에 안 던졌지만 공이 손에 착착 감기는 것이 느낌이 아주 좋았다. 잘되는 날에는 공의 실밥이 마치 애인의 몸처럼 아주 부드럽게 감긴다. 그리고 이런 날에는 던지는 족족 공이 원하는 곳으로 들어가곤 한다.

봄바람이 넘실대는 저녁에 삼열은 기분 좋게 더그아웃에서 눈을 감고 생각에 잠겼다.

그동안 강속구만이 제일인 줄 알았다. 그러나 야구란 그렇게 단순한 것이 아니다. 상대를 압박하는 것도 시간이 지나서 타자들이 적응하기 시작하면 맞기 시작한다. 중요한 것은 상대의 타이밍을 뺏는 것이다.

그제야 모든 것이 정리가 되는 듯했다. 왜 최고의 투수들이 삼진 잡는 것을 포기하고 맞혀 잡기 시작했는지를. 힘으로 상대방을 누르려고 하는 것은 하수들이나 하는 짓이다.

인간의 몸도 결국 소모품에 불과하다. 언젠가는 고장이 나고 제 위력을 잃게 되는 날이 온다. 현명한 사람은 그런 날이 오기 전에 관리를 잘한다. 그렇게 하면 10년 던질 것을 15년 던질 수 있게 된다. 몸도 아껴서 써야 오래 쓸 수 있다.

그러면 어떻게 하면 상대의 타이밍을 뺏을 수 있을까? 상대를 잘 알아야 한다. 어떤 공을 좋아하고 어디가 약한지, 타격할 때 어떤 특성이 있으며 어떤 징크스를 두려워하고 있는지를 알고 있으면 그만큼 상대하기 쉬워진다. 그렇게 되면 상대 타자의 자세만 보고도 어떤 공을 노리는지 알 수 있게 된다.

이런 면에서 그렉 매덕스는 대가다. 그는 평균 구속이 90마일도 안 되는 하찮은 공으로 사이영상을 네 번이나 받았다. 고수는 자신의 패를 온전히 상대에게 보이지 않는 법이다. 삼열은 고개를 끄덕였다.

장영필 아나운서와 송재진 해설 위원은 신이 나 방송을 했다.

지난번 경기에서 삼열은 무실점으로 호투했지만 매 이닝 주자를 내보내며 불안한 모습을 보이곤 했다. 하지만 오늘은 마치 다른 사람이라도 된 듯 전혀 다른 모습을 보이고 있었다.

―네, 삼열 선수. 2회 초에 타자 세 명을 아주 깔끔하게 상대하고 내려가는군요. 어떻습니까? 오늘 삼열 선수의 경기 내용이요.

―더할 나위 없이 좋습니다. 공이 마치 자로 잰 듯 제구되고 있습니다. 특히나 삼열 선수는 올해 좌완 투수로 변신하지 않았습니까? 좌완 투수의 이점은 설명해 드리지 않아도 아시겠지만, 타자가 타석에서 투수의 공을 체감할 때 우투수보다 평균 5km/h 정도 더 빠르게 느낍니다. 오늘 경기에 선발 등판한 두 투수 모두 퍼펙트게임을 한 선수들이죠. JP.이디어가 스물두 번째, 강삼열 선수가 스물세 번째 퍼펙트게임을 이루었습니다. 이때는 둘 다 우완 투수였죠. 그러나 지금은 사고로 오른팔을 다친 강삼열 선수가 좌완으로 변신하였습니다. 오늘 구위는 두 선수 다 좋습니다. 1회 초에 JP.이디어가 홈런을 맞은 것은 물론 실투였고요.

―그렇군요. 그렇다면 오늘 정말 멋진 승부가 되겠군요. 저희는 잠시 후에 돌아오겠습니다.

카메라의 불이 나가자 장영필이 송재진에게 말했다.

"선배님, 정말 엄청나네요. 놀라워요, 놀라워!"

"하하, 나도 마찬가지야. 2년 만에 이렇게 완벽하게 변신할 줄이야. 믿을 수가 없어."

"그만큼 노력했겠죠?"

"아마 죽도록 했을 거야. 그렇지 않다면 말도 안 돼. 그나저나 내년에 어떻게 될지 걱정이군."

"그렇죠? 난 내년에도 우리 KBC가 방송할 수 있으면 좋겠어요."

"그게 쉽지가 않아. 이제 삼열은 슈퍼스타가 되었으니 달려드는 국내 방송사가 하나둘이 아니겠지. 그렇게 되면 중계권은 엄청나게 비싸지겠고 사기도 힘들어질 거야."

"하긴요. 뭐, 안 되면 국내에서 있으면 되니 어쩌면 집사람이 좋아할지도 모르죠."

"자넨 아닌가?"

"하하, 그냥 이렇게 좀 떨어져 있는 게 낫습니다. 그래야 보고 싶기도 하고요. 다만 아이들은 보고 싶어져요. 며칠 되지도 않는데요."

"하하, 나처럼 애들이 좀 크면 덤덤하게 돼."

"어휴, 애들이 빨리 커야 할 텐데요."

"돈 많이 벌어놔. 그리고 어릴 때부터 교육 잘 시켜. 등록금만 주고 결혼은 알아서 하라고. 미리미리 교육 안 해놓으면 나중에 원망 들어. 무슨 자식 결혼시키다가 등골 다 빠지고 노후 자금마저 날려먹게 생겼으니, 원."

"휴우, 저도 그 생각만 하면 벌써부터 눈앞이 깜깜합니다."

두 사람이 이야기하는 사이 JP.이디어가 마운드에 올랐다.

삼열은 가볍게 공을 던졌고 타자들을 삼자 범퇴시켰다. 이후 삼열은 5회까지 나와 무실점으로 완벽한 경기를 했다.

삼열은 다시 마운드에 올랐다. 6회가 되자 힘이 조금 빠지는 것 같았다. 전력투구하지 않았어도 상대 투수가 워낙 잘 던지니 조심스럽게 타자를 상대해야 했기 때문이다.

게다가 자이언츠는 강타자들이 많아 만만치가 않았다. 다행스러운 것은 이번 이닝은 하위 타선이라 한 템포 쉬어갈 수 있다는 점이다.

7번 타자 안드레 파간은 작년에 151경기에 나와 173개의 안타를 치고 0.291의 타율과 장타율 0.442를 기록하고 있는, 하위 타순의 지뢰였다.

5번 타자 빅터 허프가 작년에 부상을 당해 제 기량을 발휘하지 못하였지만 자이언츠는 지난 15년간 통산 0.309의 타율을 가진 그를 믿어주고 있었다. 그것이 이 대단한 기록의 빅터 허프가 7번 타자로 기용된 이유였다.

안드레 파간은 통산 타율이 0.280으로 허프의 기록과 비교할 수 없다. 그리고 메이저리그에서 활동한 기간도 반밖에 안 되었다. 하지만 그는 요즘 매우 날카로운 타격감을 보이고 있다.

안드레 파간은 뉴욕 메츠에 있을 때 세인트루이스 카디널스전과의 경기에서 2루수가 빠뜨린 공을 잡았었다. 2루로 진루하던 주루 주자는 당연히 1루로 귀루했다. 문제는 1루수가 1루에 없었다는 것이었다. 백업을 못 한 것이다.

그런데 그는 상대 팀 주루 코치를 1루수로 착각하고 던졌다. 결국 안타를 치고 나간 타자는 다시 2루로 진루하고 말았다. 이렇듯 그는 타격은 괜찮은 편인데 수비가 엉성했다.

삼열은 공을 던졌다. 파간이 배트를 휘둘렀다.

딱.

공은 2루 쪽으로 향했다. 삼열은 당연히 로버트가 잡을 것으로 생각했다. 그런데 로버트가 공을 잡으려다가 멈칫하고 가슴에 손을 대었다. 우익수 빅토르 영이 뒤로 흐르는 공을 뛰어가 잡아 1루로 던졌지만 이미 늦었다.

로버트는 갑자기 가슴이 쿵 하고 무너져 내리는 것을 느꼈다. 마치 화살에 맞은 듯한 섬뜩한 느낌과 고통을 동반했기에 공을 잡을 수 없었다. 서늘한 기분이 들고 소름이 돋았다. 무엇 때문인지 알 수 없었다.

그동안 이런 날은 정말 없었다. 수비 실수를 한 날이야 간혹 있었지만 이렇게 불안한 공포가 갑자기 찾아온 것은 태어나서 처음이었다.

의료진이 뛰어왔고 경기는 잠시 중단되었다.

"어때?"

"몰라요. 갑자기 가슴이 답답해요. 무서워요."

닥터 매컴은 즉시 감독에게 교체 사인을 줬다. 몸을 체크해 보니 특별히 이상이 있는 것 같지는 않았지만 왠지 그래야 할 것 같았다. 로버트의 눈은 무엇인가에 쫓기는 것 같았다. 멘탈의 문제였다.

"헤이, 괜찮아?"

매컴의 말에 로버트는 멍하게 있다가 다시 정신을 차렸다. 그러나 뭐가 뭔지 몰랐다. 왜 이런 기분이 드는지 전혀 이해가 가지 않았다.

'왜? 왜?'

로버트는 자신 때문에 주자가 1루에 진루한 것에 미안한 마음이 들었지만 갑자기 찾아온 공포가 이해되지 않았다. 그는 그 누구보다 건강했다.

몸은 시간이 흐르면서 점차 정상으로 돌아왔다. 기분도 좋아졌지만 마음 한편이 여전히 개운하지 않았다.

삼열은 1루를 흘깃 보았다. 작년에 파간은 28개의 도루를 했다. 파간은 빠른 발을 가지고 있다. 1번 타자를 해도 괜찮은 그가 7번 타자를 하고 있는 것은 그만큼 자이언츠의 타선이 위력적이라는 것을 의미했다.

삼열은 다음 타자 브래드 로저스를 바라보았다. 그저 그런 선수다. 삼열은 낮은 투심을 던졌다.

딱.

2루와 3루를 가르는 직선타를 스트롱 케인이 가볍게 잡아 1루로 던졌다. 미처 귀루하지 못한 파간이 아웃되면서 병살 플레이가 되었다. 자이언츠 감독이 런 앤 히트 작전을 내렸고 파간이 뛰자 브래드 로저스도 배트를 휘두르지 않을 수 없었 다. 마침 공이 스트롱 케인이 있는 방향으로 날아가는 직선타 였다.

JP.이디어가 타석에 들어섰다. 6회인데도 아직도 자이언츠는 JP.이디어를 계속 등판시킬 모양이었다.

삼열은 JP.이디어가 투수치고는 타격이 나쁘지 않은 것을 알 고 있다. 통산 일곱 개의 홈런이 있고 타율이 0.219였다. 오늘 경기도 그다지 나쁘지 않았다. 1회에 2실점을 했을 뿐 5회까 지 무난하게 타자들을 상대해 왔다. 그리고 투구 수도 59개로 많지 않으니 아마도 7회까지는 던지게 할 모양이었다.

삼열은 빠른 직구를 몸쪽에 붙였다. JP.이디어는 타격을 시 도하지도 못했다.

펑.

"스트라이크."

그는 우완 투수에 우타자다. 그러니 왼쪽에서 날카롭게 날 아 들어오는 공에 움찔했을 뿐 배트를 휘두르지 못했다.

JP.이디어가 홈런을 칠 것이 아니면 군이 안타를 때리려고 노력할 필요가 없다.

안타를 치고 나가도 투 아웃 상태이기 때문에 주루 플레이를 하다가 공수가 교대될 수도 있는데, 이럴 때 잘못하면 투구의 밸런스가 무너지기도 한다. 그래서 투수들은 타석에 들어설 때 투 아웃이면 욕심을 버린다.

삼열은 커터와 체인지업을 던져 삼진을 시켰다. JP.이디어가 쓴웃음을 지으며 타석에서 물러났다.

로버트는 실점 없이 이닝이 마무리되자 안도의 한숨을 내쉬었다. 가슴의 통증은 소나기와 같았다. 지금은 전혀 아프지도 않고 몸이 이상하지도 않았다. 그래도 경기가 끝나면 구단에서는 정밀 진찰을 할 것이다.

'하아.'

몸에는 이상이 없지만 기분은 착 가라앉았다. 더그아웃에 들어오는 삼열과 하이파이브를 하고 그는 그냥 앉아 있었다. 주위에서 동료 선수들이 괜찮으냐고 물었다.

"응, 괜찮아."

8번 타자는 이안 스튜어트였다. 삼열은 더그아웃에 들어오자마자 다시 배팅하러 나갔다.

서늘한 저녁 바람이 황혼의 뜨거운 그림자를 밟으며 날아왔다. 노을이 진 서쪽 하늘은 무척이나 아름다웠다. 관중석에서도 노을을 보는 사람들이 많았다. 야구를 하기에는 너무나 아름다운 날이었다.

'타격해야 하나?'

삼열은 1회를 제외하고는 실점을 하지 않는 JP.이디어를 보며 생각에 잠겼다. 이전 두 번의 타석에서는 그다지 흥미를 가지지 않았다. 좌완으로 바뀌면서 아직 투구폼을 완벽하게 완성하지 못해서인지 타격에 흥미를 느끼지 못하고 있었다.

JP.이디어는 스튜어트와의 승부가 쉽지가 않은지 이번 이닝에서 제법 많은 공을 던지기 시작했다. 그리고 아홉 번째 공에 스튜어트가 안타를 치고 나갔다.

'젠장, 쳐야 되겠네!'

노 아웃에 1루 주자면 하다못해 진루타라도 쳐야 한다. 삼열은 배트를 꽉 쥐고 몇 번 흔들어 보고는 타석에 섰다.

JP.이디어가 제구력에 문제가 생겼는지 연속 볼이 들어왔다. 타자이지만 작년 홈런왕이었던 삼열을 타자로 둔 상황에서는 버거웠던 것이다.

'이번에는 직구다.'

2 : 0으로 지고 있는 상황에서 주자를 더 출루시킬 수는 없을 것이다. 게다가 스튜어트와 삼열 모두 발이 빠른 선수다. 그러니 이번 공은 반드시 스트라이크를 잡으려고 들어올 것이 뻔했다.

삼열은 호흡을 가다듬고 타석에 섰다. 빠르게 날아든 공을 노려보니 붉은 실이 보였다. 오늘따라 유난히 공이 크게 보였다.

따악!

공이 하늘 높게 날았다. 외야수들은 그 자리에서 미동도 하지 않았다.

"와아!"

"홈런이야!"

관중석에서 환호가 터져 나왔다. 올해 첫 홈런이 나왔다. 예의 삼열의 응원가가 흘러나왔고 더그아웃에서도 선수들이 벌떡 일어나 환호했다. 4 : 0이면 승부가 어느 정도 났다고 본 것이다.

"젠장, 저놈은 하는 게 다 얄밉네."

존리가 거만한 표정으로 중얼거렸지만 주위의 선수들은 들은 체도 안 했다.

경기는 그것으로 끝이 났다. 빅토르 영이 다시 안타를 치고 나가자 브래이던 모치 감독이 투수를 교체해 버린 것이다.

6회 말에 컵스는 5점을 뽑아 7 : 0이 되었고, 삼열은 8회에 1점 홈런을 맞아 7 : 1로 경기가 끝났다. 컵스의 계투진이 나와 1이닝을 깔끔하게 마무리한 것이다.

모두 즐겁게 라커룸으로 들어가 승리의 기쁨을 나누는데 핸드폰을 든 로버트가 전화를 받고는 '왓? 왓?' 하고 소리를 지르다가 핸드폰을 떨어트렸다.

"뭐야?"

주위의 동료가 물어도 그는 마치 듣지 못하는 귀머거리처럼 멍하게 있다가 눈물을 하염없이 흘렸다. 그 기세가 무서워 아무도 그에게 가까이 다가가지 못했다.

감독이 경기가 끝난 후 이례적으로 라커룸에 들어왔다. 선수들은 모두 감독을 바라보았다.

"유감스럽게도… 로버트 메트릭의 어머니께서 괴한의 총격으로 오늘 오후에 돌아가셨다."

"……"

"……"

"아! 그럴 수가."

모두 넋 나간 듯 감독의 말을 듣고 있었다. 감독의 말이 다시 이어졌다.

"따라서 구단은 로버트에게 일주일간 휴가를 주기로 했다. 모두 그를 위로해 주도록!"

선수들은 급히 집으로 돌아간 로버트를 생각하며 안타까워했다. 사람이 죽는 것은 어느 누구를 막론하고서 비통한 일이다.

"그래서 그런 것이었군."

"뭐가?"

"로버트가 수비에서 실수하고 교체된 것 말이야."

"아!"

"그렇구나."

승리의 기쁨이 갑자기 사라졌다. 이런 소식을 듣고 마냥 좋아할 수는 없다. 대체로 죽음에 차분한 대응을 하는 서구인들이라고 해서 슬픔의 크기가 작은 것은 결코 아니다. 그것은 다만 표현 방식의 차이일 뿐, 사랑하는 사람을 잃은 슬픔과 고통은 말할 수 없이 크다.

인간은 누구나 이런 고통에서 자유로울 수 없으며 오직 아픔을 견디는 방법을 시간 속에서 배울 뿐이다.

삼열이 혹시나 해서 전화를 해보니 마리아는 오늘 경기장에 나오지 않고 집에 있었다. 원래 집에 있겠다는 말을 듣기는 했는데 혹시나 해서 해본 것이었다.

삼열은 차를 몰고 집으로 가면서 로버트를 생각했다. 그가 상을 당한 것이 남의 일 같지가 않았다. 부모를 잃는다는 것이 무엇을 의미하는지, 그 고통과 아픔을 알기에 삼열의 마음도 무거워졌다.

이제 로버트의 동생들은 부모 없는 고아가 되었다. 비록 남이지만 부모 없이 자라게 될 그 아이들을 생각하니 마음이 좋지 않았다. 이런저런 생각을 하다 보니 벌써 집에 도착했다. 문을 여니 아직도 잠을 자지 않고 기다리던 줄리아가 삼열을 보자마자 달려와 매달렸다.

"아빠, 왜 이렇게 늦게 왔어?"

"경기가 늦게 끝났어."

"그래?"

"응."

삼열은 딸의 뺨에 얼굴을 맞대고 부비었다. 연한 우유냄새가 나는 촉감이 너무 사랑스러웠다.

"여보, 왔어요?"

"응. 별일 없지?"

"그럼요. 식사 준비해 놓고 있었어요."

"고마워."

경기 전에 항상 간단하게 먹는 탓에 경기를 마친 후에는 배가 고팠다. 늦은 저녁이라 마리아는 열량이 낮은 음식 위주로 차렸다. 요즘은 마리아가 다시 요리에 신경을 쓰기 시작해 다행이었다.

"아참, 마리아. 로버트의 어머니가 돌아가셨대."

"어머나, 어떻게 해요!"

"나도 장례식에 가봐야지. 마침 오늘부터 4일 동안 쉬니까."

"그럼 우리 모두 같이 가요. 도미니카 공화국이죠?"

"응. 맞아."

"구단에 전화 걸어서 알아볼게요. 아참, 헨리 오빠에게서 연락이 왔어요. 안테나 특허권을 계약하고 싶다고요."

"안테나?"

삼열은 그제야 마리아가 안테나의 특허권을 관리하는 회사로 헨리가 사장으로 있는 GN을 소개시켜 줬던 것이 기억났다. 투수로 복귀하는 문제로 바빠서 그동안 잊어버리고 있었다.

마리아는 웃으며 삼열에게 키스했다. 그러자 줄리아가 '나도, 나도!' 하고 앙탈을 부렸다. 삼열은 딸의 볼과 입술에 뽀뽀했다.

강아지와 돼지가 고개를 갸웃거리며 바라보자 삼열은 발로 툭 차버렸다. 제시는 그냥 안 보이는 곳으로 갔지만 돼지는 성질을 부리며 거실을 마구 돌아다녔다.

삼열은 그 모습을 보며 역시 먹을 것을 키우면 안 된다는 생각을 했다. 미니 돼지라 잡아도 먹을 것도 없는 주제에 자존심은 얼마나 센지, 어떤 때는 줄리아를 이겨 먹으려고 할 때도 많았다. 그때마다 줄리아에게 강제 진압되지만 말이다.

그래도 딸이 동물과 같이 크니 어지럽히는 것은 많지만 마리아의 손은 덜 갔다. 때때로 자기들끼리 노니 마리아가 책을 읽거나 하는 시간이 많아졌다.

그런 면에서는 동물을 키우는 것이 괜찮았다. 아이의 감성도 풍부해지는 것도 같았고 말이다. 또 두 마리라 외출할 때 내버려 두고 가도 자기들끼리 알아서 노니 주인을 귀찮게 하지도 않았다.

헨리와는 조문을 갔다 와서 만나기로 하고 저녁을 먹는데 마리아가 방에 들어갔다 나오더니 로버트의 주소를 알아가지고 왔다.

"어, 지금 이 시간에도 에이전트가 전화를 받아?"

"그럼요, 여보. 로버트의 에이전트잖아요. 그는 자면 안 되죠. 로버트와 이야기를 하고, 또 앞으로 회사가 해야 할 일을 준비해야 하잖아요."

삼열은 마리아의 말에 고개를 끄덕였다. 삼열은 에이전트에게 요구하는 것이 그다지 많지 않았다. 파워 업을 만들 때 도움을 받았지만 그 일로 인해 샘슨 사도 작지만 수수료를 받아 챙겼고 지금도 받고 있다.

원래 삼열은 욕심은 많지만 같이 먹고살자는 주의여서 무리한 요구를 하지 않았다.

"아참, 구단에 KBC 계약 건도 이야기를 해야 하는데……."

"갔다 와서 해요."

"그래야겠네."

"아참, 당신 오늘 승리한 것 축하해요."

"뭘, 새삼스럽게."

"그래도 오늘 너무 멋졌다는 말을 하고 싶었어요."

삼열은 마리아의 말에 미소를 지었다. 원래 야구를 좋아하는 여자였다. 그냥 좋아하는 정도가 아니라 너무 좋아해서 전공도 바꿨을 정도였다. 그런 여자와 사니 정말 좋았다. 야구 선수인데 부인이 야구를 싫어하거나 관심이 없으면 곤란할 텐데 그렇지 않으니 행운이라고 생각했다.

살짝 키스를 해오는 마리아의 혀를 빨며 삼열이 눈으로 '지금 할까?' 하고 말했다. 그러자 마리아가 고개를 좌우로 살짝 흔들었다.

줄리아는 아기인데도 너무 늦게 자는 버릇이 들어서 은근히 걱정이었다. 삼열이 그 말을 하자 마리아가 웃으며 말했다.

"괜찮아요. 낮에 많이 자요. 아빠 기다린다고 미리 자야 한다면서."

그 말을 듣자 마음이 따뜻해졌다. 아내와 딸에게 사랑받고 있다는 느낌이 들어 기분이 좋았다.

딸을 재우고 방으로 들어가 서로 열정을 불태우는데 옆방에서 줄리아가 벌떡 일어났다. 그러고는 방문을 열고 나와 삼열의 방에 귀를 기울였다.

"또 사랑하네! 그럴 줄 알았어. 쳇!"

줄리아는 머리가 좋다. 오늘 저녁에 엄마 아빠가 눈짓을 서로 주고받는 것을 보고 사랑하고 싶어 하는 줄 알았다. 그래서 별로 졸리지도 않는데 자는 체를 했다. 그랬더니 좋아라 하고 자기들 방에 가서 이상한 짓을 하고 있었다. 자기 같은 아기는 하지 못하고 어른들만 하는 짓을.

'내 동생은 언제쯤 생길까?'

엄마 아빠를 닮아 천재인 줄리아도 아직 피임에 대해서는 몰랐다. 그냥 엄마 아빠가 사랑하면 아기가 생긴다는 것을 알고 있을 뿐이었다.

이제 글을 읽을 줄 아는 줄리아는 어렵지 않은 동화책은 혼자서도 읽을 수 있었다. 그녀는 다시 방으로 들어가 책을 읽었다. 그러면서 중얼거렸다.

"어른들은 어쩔 수가 없어."


*          *          *


눈부신 태양이 떠올랐다. 삼열은 일찍 일어나 기지개를 켰다. 방을 나와 거실의 유리창을 보니 무척 좋은 날씨였다.

문을 열고 보니 줄리아는 아직 잠에 빠져 일어날 생각을 하지 못하는 듯했다.

현관문을 나와 운동 기구가 있는 건물로 들어가 가볍게 몸을 풀었다. 그리고 러닝머신에서 뛰기 시작했다. 통유리로 된

창문을 통해 아침의 따사로운 햇살이 눈부시게 아름다운 모습으로 찾아왔다.

삼열은 뛰고 또 뛰었다. 신체가 인간의 한계를 넘어선 후로는 항상 겸손한 자세를 유지하려고 노력했다. 과하지도 않고 모자라지도 않게 육체를 조심스럽게 관리했다. 한 번 건강을 잃어본 경험이 있는 육체라서 더욱 조심스러웠다.

그런데 오늘따라 몸이 개운했다. 어제의 정열적인 정사가 무색하리만치 몸이 상쾌하였다. 삼열은 러닝을 마치고 흘러내리는 땀을 닦았다.

섀도 피칭을 하면서 천천히 어제 사용했던 근육들을 풀어주며 손가락 악력 훈련을 병행했다. 하루도 빼놓지 않고 하는 악력 훈련은 그가 괴물 투수로 불리는 이유 중 하나였다.

훈련은 언제나 고통스럽다. 하지만 그 고통을 이기면 놀라운 보상이 항상 기다리고 있다. 그리고 그런 훈련을 계속하게 되면 거의 마약처럼 운동 중독에 빠지게 된다. 하루라도 뛰지 않으면 몸이 저절로 들썩이며 뛰라고 요구를 하곤 했다.

아침 훈련을 하고 집에 들어오니 마리아가 일어나 아침을 준비하고 있었다.

"여보, 운동하고 왔어요?"

"응."

마리아의 활짝 웃는 모습이 꽃처럼 아름다웠다. 어제는 그렇게 정열적으로 몸부림을 쳤으면서 오늘은 한 송이 수선화처럼 청초하기 그지없다.

"오늘 가야 하죠?"

"도미니카 공화국에?"

마리아의 말에 삼열은 고개를 저었다.

"장례식이 내일이라고 하니 오늘은 티켓 예매만 하고 내일 가면 돼."

"그렇군요."

친하게 지내던 로버트의 어머니가 돌아가신 것이 삼열은 남의 일 같지 않았다.

그때는 어렸다. 뭐가 뭔지 모르는 사이에 장례식이 치러졌다. 그렇게 친절했던 작은아버지의 행동이 돈을 노리고 한 것이라니 당하고 나서도 한동안 믿을 수 없었다.

작은아버지를 용서하지 못하는 것은 단지 사기를 쳐 돈을 뺏어가서가 아니었다. 부모를 잃은 슬픔의 날에 그가 범죄를 저질렀기 때문이다. 가장 고통스러워하는 순간에 등에 비수를 꽂았던 것이다. 그래서 그가 고통을 받아야 한다고 생각했다.

소송을 걸고 사건 의뢰를 맡은 변호사에게 무엇보다 더 강하게 작은아버지의 형사처벌을 원했다. 다른 것은 아니었다. 단지 고통이 무엇인지 그도 알아야 한다고 생각했을 뿐이다.

삼열은 아침을 먹고 오전 내내 딸과 놀며 시간을 보냈다. 전력투구하지 않았어도 시합 다음 날은 몸이 무겁다. 아침에 운동으로 몸을 풀어줬지만 심리적인 요인이 있어서인지 시합 다음 날은 마냥 쉬고 싶어진다.

그렇다고 보기 흉하게 침대나 소파에 누워있기도 뭐해서 그냥 딸과 놀았다.

딸과 노는 것은 신이 난다. 동물들이 있어서인지 아이의 관심이 매초마다 분산되기에 그렇게 많은 시간을 투자하지 않아도 아이는 좋아했다.

아이들은 부모의 관심을 원한다. 심리적 유대감 같은 것 말이다. 그래서인지 삼열이 지켜보고 있으면 혼자 잘 놀았다.


다음 날 삼열은 마리아, 줄리아와 함께 비행기를 타고 도미니카 공화국에 도착했다. 택시로 장례식장까지 가는데 기사가 삼열을 보고 아는 체를 했다.

그와 악수를 하고 이런저런 이야기를 하는데 이미 택시 운전사도 로버트의 어머니가 사고를 당한 것을 알고 있었다.

야구를 좋아하는 나라의 국민이라 야구에 대해서 모르는 것이 없었다. 잠깐 동안이지만 누가 메이저리그 선수인지 헷갈릴 정도였다.

장례식에 참석하는 것은 이것으로 두 번째다. 마리아나의 죽음과 친구 어머니의 죽음. 그리고 부모님의 죽음까지 합치면 세 번째이고.

장례식장을 지배하는 우울한 분위기와 비통함이 멀리서도 느껴졌다. 삼열은 저절로 삶과 죽음에 대해 생각하게 되었다. 죽음 이후는 아는 것이 없으니 다만 최선을 다해 살 뿐이지만.

삼열은 식이 진행되는 내내 로버트와 동생들을 바라보았다. 그와는 다르게 정말 예쁘고 잘생긴 아이들이었다. 안나라고 했던 여동생은 마치 배우처럼 예뻤다. 모두 슬픔에 잠겨 무너지는 마음을 붙잡고 있는 듯 서로의 손을 마주 잡고 있었다. 그 모습에서 가족 간의 사랑이 느껴졌다.

장례식이 끝나고 잠시 로버트와 만나 이야기를 했다. 구단 관계자들도 왔고 로버트의 에이전시에서도 직원들이 왔다.

돌아오면서 삼열은 로버트의 어머니가 한 유언을 떠올렸다.

"아들아. 네가 원하는 대로, 그것이 진리라고 생각하는 대로 살아라. 그러나 네 어린 형제들은 너의 그늘 아래서 편히 살게 해다오. 네가 행복하기를 원한다."

장례식을 이끈 신부가 대신 전해준 짧은 유언을 듣고 삼열도 눈물이 났다. 그리고 동생들이 로버트를 의지하는 모습을 보고 단란한 가족이라는 생각이 들었다. 결혼을 뒤로할 정도로 형제간에 우애가 있었다. 저렇게 오빠를 좋아하고 사랑하는데 어떻게 그 믿음을 배신할 수 있을까?

저 사랑이, 그리고 가족애가 로버트를 그렇게 강하게 만들었으리라.

로버트가 뛰고 또 뛴 것은 이런 가족의 사랑 때문이었을 것이다. 사랑하는 가족을 지켜 주겠다는 일념 하나로 말이다. 삼열도 엄마의 품에 안겨 잠이 든 딸의 작고 부드러운 손을 만지며 생각했다.

'너를 위해 내가 산다. 너를 위해 무엇이든 할게. 튼튼하고 건강하게 자라렴. 그리고 행복해라. 좋은 사람을 만나 사랑을 하고 그를 위해 음식을 만들고 웃고 행복하렴. 엄마가 그랬던 것처럼. 그리고 엄마의 엄마가 그랬던 것처럼 너는 너의 사랑을 선택하고 행복하렴.'

딸은 그저 바라만 보아도 좋았다. 이 아이 때문에 웃고 애타며 행복했다.

같이한 시간이 2년밖에 안 되었는데도 이렇게 행복한데 또 앞으로 놓인 행복은 무엇일까 생각하니 안쓰러움과 따뜻함이 심장으로 마구 밀려들었다. 부모가 된다는 것, 아버지가 된다는 것은 별것 아니다. 그저 딸이 행복하기만 바라는 마음뿐이다.

다시 시카고에 오니 줄리아가 자꾸만 제니와 도니가 보고 싶다고 보챘다. 그 모습을 보며 삼열은 그동안 자신이 동료들의 삶에 무관심했음을 떠올렸다.

어린 딸도 이렇게 자신과 함께하는 동물을 챙기는데 자신은 동료들의 삶에 너무 무관심했구나 하는 생각이 저절로 들었다.

이제는 그들과도 삶을 나눠야겠다는 생각이 바람결에 들었다. 차창을 통해 따뜻한 봄바람이 들어왔다. 지금은 집으로 가는 중이다. 행복이 가득한 집으로, 강아지와 돼지가 기다리는 집으로 아내와 딸과 함께 간다.

그동안에는 공에 체중을 실어 담아 던졌다. 이제는 따뜻한 인생과 우정, 행복을 담아 던지리라 생각했다. 문득 죽음은 그 어떤 위대한 선생보다 현명한 가르침을 내려준다는 사실을 깨달았다.


며칠 후 삼열은 마운드에 다시 섰다. 이전과 느낌이 달랐다. 오늘 로버트가 없는 2루를 바라보며 미소를 지었다. 그리고 관중을 보았다.

삼열은 관중들이 호기심을 가지고 자신을 바라보는 모습에 행복해했다.

'오늘은 오늘의 내 삶이 있으니까, 이제 나의 삶과 행복을

공에 담아 던진다.'

삼열은 미소를 지으며 공을 던졌다. 공이 이전보다 더 빠르고 예리하게 포수의 미트에 들어가 박혔다.

펑.

"스트라이크."

신시내티 레즈의 1번 타자 필립 호크가 삼진을 당하고 물러났다. 여기는 그레이트 아메리칸 볼 파크, 신시내티 레즈의 구장이다.

2루 쪽 너머에는 오하이오 강이 유유히 흐르고 있다. 아름다운 구장이다. 삼열은 힘껏 공을 던졌다.

『MLB─메이저리그』 11권에 계속…

# 초대형 24시 만화방

신간 100%, 샤워실, 흡연실, 수면실(침대석), 커플석, 세탁기 완비

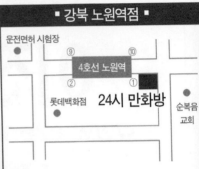

운전면허 시험장
⑨ ⑩
4호선 노원역
② ①
롯데백화점　24시 만화방
순복음 교회

서울 노원구 상계동 340-6 노원역 1번 출구 앞 3층
02) 951-8324 (화용빌딩 3층)

## ▪ 일산 정발산역점 ▪

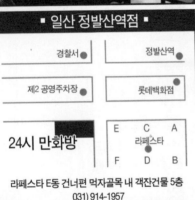

경찰서　　　정발산역
제2 공영주차장　　　롯데백화점
24시 만화방
E C A
라페스타
F D B

라페스타 E동 건너편 먹자골목 내 객잔건물 5층
031) 914-1957

## ▪ 일산 화정역점 ▪

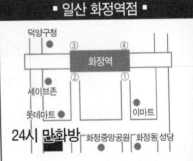

덕양구청
③ ④
화정역
② ①
세이브존
롯데마트　　　　이마트
24시 만화방　화정중앙공원　화정동 성당

경기도 고양시 덕양구 화정동 984번지 서일빌딩 7층
031) 979-4874 (서일사우나 건물 7층)

## ▪ 부천 역곡역점 ▪

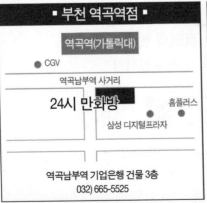

역곡역(가톨릭대)
● CGV
역곡남부역 사거리
24시 만화방　　　홈플러스
삼성 디지털프라자

역곡남부역 기업은행 건물 3층
032) 665-5525

## ▪ 부평역점 ▪

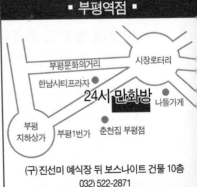

시장로터리
부평문화의거리
한남시티프라자
24시 만화방　나들가게
부평
지하상가　부평1번가　춘천집 부평점

(구) 진선미 예식장 뒤 보스나이트 건물 10층
032) 522-2871

검자 新무협 판타지 소설
FANTASTIC ORIENTAL HEROES
목탁
해적으로 바다를 누비던 청년,
절해고도에 표류해… 절대고수를 만나다!
"목탁은 중생을 구제하는
좋은 이름일세."
더 이상 조무래기 해적은 없다!
거칠지만 다정하고, 가슴속 뜨거운 것을 품은
목탁의 호호탕탕 강호행에
무릎이 요동친다!
Book Publishing CHUNGEORAM
유행이 아닌 자유추구
www.chungeoram.com

사략함대 장편소설

FUSION FANTASTIC STORY

**2016년 대한민국을 뒤흔들 거대한 폭풍이 온다!**

# 『법보다 주먹!』

깡으로, 악으로 밤의 세계를 살아가던 박동철.
그는 어느 날 싱크홀에 빠진다.

정신을 차린 박동철의 시야에 들어온 건 고등학교 교실.
그리고 그에게 걸려온 의문의 ARS는 그를 새로운 인생으로 이끄는데……

빈익빈 부익부가 팽배한 세상, 썩어버린 세상을 타파하라!

## 법이 안 된다면 주먹으로!
### 대한민국을 뒤바꿀 검사 박동철의 전설이 시작된다!